徐亚光 ○ 著

祖国北疆的"敖汉绿"

内蒙古人民出版社

图书在版编目(CIP)数据

祖国北疆的"敖汉绿"/徐亚光著. — 呼和浩特：内蒙古人民出版社，2024.1
ISBN 978-7-204-17084-5

Ⅰ.①祖… Ⅱ.①徐… Ⅲ.①纪实文学-中国-当代 Ⅳ.①I25

中国版本图书馆 CIP 数据核字(2022)第 002534 号

祖国北疆的"敖汉绿"
ZUGUO BEIJIANG DE AOHANLÜ

作　　者	徐亚光
责任编辑	王　瑶　贾大明
封面设计	吉　雅
出版发行	内蒙古人民出版社
地　　址	呼和浩特市新城区中山东路 8 号波士名人国际 B 座 5 层
网　　址	http://www.impph.cn
印　　刷	内蒙古爱信达教育印务有限责任公司
开　　本	710mm×1000mm　1/16
印　　张	8.5
字　　数	130 千
版　　次	2024 年 1 月第 1 版
印　　次	2024 年 1 月第 1 次印刷
印　　次	1—2000 册
书　　号	ISBN 978-7-204-17084-5
定　　价	35.00 元

如出现印装质量问题，请与我社联系。联系电话：(0471)3946120 3946124

代序
敖汉绿，一道亮丽的风景线

"敖汉绿"，一片树叶流鸟鸣，一朵花上存清声，一方林海守安宁，一种精神永传颂。

《祖国北疆的"敖汉绿"》以敖汉人民70余年的生态文明建设为主要内容，反映敖汉旗生态文明建设所取得的成就，歌颂一大批可歌可泣的先进人物及其创造的生态环境业绩，让人们认识到良好生态环境来之不易，需倍加珍惜、呵护。在新时代，要树立生态优先、绿色发展的理念，并在实践中勇于探索实现的新路径，创造绿色共享的美好明天。

8000多年前，先民们在这片森林遍地的富饶土地上创造了举世瞩目的人类文明；1000多年前，这里仍然林草茂盛。但随着人口大量增长，农区大量垦荒，牧区超载过牧，失去植被保护的土地很快沙化：沙地流沙肆虐，沙进人退；山地水土流失，沟壑纵横。直至20世纪70年代前，敖汉人多处在缺吃少穿没柴烧的境地。

穷则思变。穷不怕，就怕人懒志短。植树造林、防沙治沙、治理山川沟壑——干！干起来！敖汉人干出了"绿色发展，干就干好"的敖汉旗生态文明建设传统。

这一干就干出了生态环境的新天地、精神面貌的新天地，这就是"敖汉绿"。她既是物质的，又是精神的。

敖汉旗的生态建设起步于植树造林，其特点是起步早、时间久、规模大、成效显，因时而变、与时偕行。敖汉旗生态建设组织形式因时而变，从新中国成立初期发动群众进行防风固沙林建设，营造农田牧场防护林，到20世纪七八十年代始建牧场防护林，各家各户植树造林，建设"三北"防护林体系，到八九十年代春、夏、秋三次季节性生态建设大会战，再到21世纪启动京津风沙源治理工程；从大规模、成建制的联村联乡大会战，集中会战和专业队治理相结合，到个人承包分散治理，再到森林草原管护与经营，实施重点绿化和重点项目，自治区内外联手，开展国内外合作，敖汉人挥锹舞镐、叩击地表的声响回荡了70多年，薪火相传、接续奋战，终于构建起"风拂绿树千层浪，水润农田万重彩"的塞外绿色生态景观。至2020年，敖汉旗森林覆盖率达到44.17%，为绿色发展奠定了基础。

敖汉旗生态建设的历程由作为生存需要的植树种草、改变生存环境发展到以生态效益为基础，追求生态效益、社会效益和经济效益"三效统一"，进而向生态与审美的和谐统一迈进，为我国生态文明建设增加了新亮点，达到了"生态优先，绿色发展"的新境界。

目　录

第一篇　绿色的造化 …………………………………………001
　一、敖汉旗概况 ………………………………………………001
　二、闻名世界的古文化 ………………………………………003
　三、绿色消失了 ………………………………………………004
　四、绿色的再造 ………………………………………………007
　五、典型的力量与光辉 ………………………………………009
　六、守护绿色　守护家园 ……………………………………025

第二篇　绿色的辉煌 …………………………………………028
　一、水系上的绿色画卷 ………………………………………029
　二、典型示范 …………………………………………………070
　三、辉煌成就纵横谈 …………………………………………078

第三篇　绿色的丰碑 …………………………………………094
　一、绿化的领导者白俊卿 ……………………………………094
　二、绿色使者李儒 ……………………………………………096
　三、学有所用，绿化敖汉——张立华 ………………………100
　四、科技领先绿敖汉——马海超 ……………………………103
　五、咬定青山不放松——孙家理 ……………………………106
　六、敖汉"愚公"造田传奇 …………………………………109

第四篇　绿色的发展　启航"十四五" ……………………115

结束语　向"敖汉绿"致敬 …………………………………119

参考文献 ………………………………………………………128

附　录　敖汉旗生态文明建设荣誉录 ………………………129

第一篇
绿色的造化

一、敖汉旗概况

　　敖汉旗隶属内蒙古自治区赤峰市，位于赤峰市东南部，地处燕山山脉东段、努鲁儿虎山北麓，科尔沁沙地南缘。东西宽112千米，南北长175千米。东临通辽市奈曼旗，西接辽宁省朝阳市建平县与赤峰市松山区，南与辽宁省北票市、朝阳市区相连，北与翁牛特旗隔老哈河相望。全旗总面积8300平方千米，总人口60万。清崇德元年（1636年）建敖汉旗。1945年敖汉旗解放后，建新惠县，第二年增设新东县。此时，新惠县、新东县与敖汉旗并存，均属热辽地委管辖。1948年，新惠县、新东县、敖汉旗合并为敖汉旗新惠县联合政府。1949年3月，取消旗县联合，改称敖汉旗。

　　敖汉旗位于燕山山地向西辽河平原过渡地带，地形多样复杂，由东南向西北倾斜。地貌类型由南到北依次为努鲁儿虎山石质低山丘陵、黄土丘陵和沙质坨甸。南部低山丘陵和中部丘陵均占敖汉旗总面积的34%，北部沙质坨甸占32%。叫来河、孟克河的中下游及老哈河一、二级台地为沿河平川区，地势平坦、土壤肥沃、水源丰富，是敖汉旗的主要产粮区。敖汉旗境内主要有5条河流，其中老哈河、孟克河、叫来河属西辽河水系，牤牛河、老虎山河属于大凌河水系。主要特点是夏季降水多,河水充沛;冬春季降水少,河水减少。由于水土流失严重,各河流的含沙量均很高。敖汉旗地形地貌多样,生物、气候条件各异,土壤类型较多,有棕壤土、褐钙土、草甸土、潮土、沼泽土及风沙土。敖汉旗矿产资源丰富,有金、银、铁、钨、钼、铜、煤等矿产30余种,各类矿床、矿点200余处,年产黄金近4000千克,是内蒙古第一产金大县。

敖汉旗地处中温带,属于大陆性季风气候,特点是四季分明,太阳辐射强烈,日照丰富,气温日差较大;冬季漫长而寒冷,春季回暖快,夏季短而酷热、降水集中,秋季气温骤降;雨热同季,积温有效性高。敖汉旗降雨量的分布趋势是从南向北逐渐减少,年降水量在300~460毫米之间,南部一般在400~460毫米之间,中部在350~400毫米之间,北部在300~350毫米之间。春季降水少,大部地区降水量在37~60毫米之间,占全年降水量的11%~13%。夏季降水量多,大部地区降水量在210~330毫米之间,占全年降水量的68%以上。秋季降雨量在45~65毫米之间,占全年降

老哈河日出

水量的12%～15%。冬季大部地区降雪量在10～18毫米，占全年降水量的2%～4%。敖汉旗的气象灾害有旱灾、水灾、风灾、霜灾、雪灾等。

敖汉旗主要林木品种为杨树、山杏、沙棘、黄柳、条桑、沙松、油松、樟子松、落叶松等，主要牧草有"敖汉苜蓿"、沙打旺、小叶锦鸡儿、羊柴（又名山竹子）。

二、闻名世界的古文化

从考古实证来看，敖汉旗是新石器时代文化几千年绵延不绝的典型，它包括小河西文化（距今10000年左右）、兴隆洼文化（距今8200～7400年）、赵宝沟文化（距今7200～6400年）、红山文化（距今6400～5000年）、小河沿文化（距今5400～4600年）、夏家店下层文化（距今4000～3500年）和夏家店上层文化（距今3500～2300年）。敖汉旗被认为是中华文明的发祥地之一，中国龙文化的发祥地，中国玉文化的发祥地，世界小米之乡。苏秉琦先生说："研究中国的历史，首先就要了解中国北方的历史，就要到敖汉旗去看一看，因为敖汉旗从距今一万年到两千五百年间，人类繁衍生息没有断层、没有缺环。"现有的研究资料发现，在这些古文化诞生时期，敖汉大地气候温暖，雨量相对充沛，植物茂盛，生态环境良好，先民早期狩猎采集，后来开展种养殖，并早在距今8000年时就开始种植粟黍，无愧于"世界小米之乡"的殊荣。此外，兴隆洼遗址有一座人猪合葬墓，表明当时人与猪关系密切。

兴隆洼遗址因其发掘面积大、遗址保存最完整、产生时代早，被考古学界赞誉为"华夏第一村"。2012年5月23日，兴隆沟遗址又有了重大发现——一件高55厘米的红山文化整身陶人像震撼出土，有人赞誉其为"中华祖神"。中华文明探源工程课题组认为这是中华文明探源工程十年来最重要的考古成果，也是中华文明探源工程十年来的收官之作。这再一次证明敖汉旗是红山文化的核心区域，是中华五千年文明的重要起源地之一。中国社会科学院学部委员王巍先生说："陶人是五千年前人的祖先。"有学者认为，陶人代表的是五千年前红山文化王者、巫者或酋长的形象，是中华五千年前文明的重要考古实证。陶人盘腿直坐，上身直挺，两手相握，双臂弯曲放于腹部，头部戴冠，双目圆睁直视前方，头部各种器官形态逼真，艺术性极佳。尤其是其嘴部明显呈现前伸呼喊状态，可称之为"五千年前的东方神呼"。它与红山文化玉人像、草帽山石人像在红山文化的历史长河中相映生辉。它更是人关注人——具有特殊地位和作用的人的鲜明实证，是人的主体意识和自主性的再一次辉煌展示，是文明源流延续和程度提升的又一丰碑性的实证。

三、绿色消失了

人类不要过早地陶醉于对大自然的肆意征服，因为每一次肆意征服之后都会受到大自然无情的报复。人类要生存发展，就要学会与大自然和谐共处。

维持一个良好的生态环境，需要人们长期的努力与付出，而破坏一个良好的生态环境只在旦夕之间。绿色的消失，有人为的因素，也有自然的因素。敖汉旗自清朝统治者实行"移民实边""开荒放垦"政策后，人口大量增长，农区大量垦荒，牧区超载过牧，失去植被保护的土地很快沙化：沙地流沙肆虐，沙进人退；山地水土流失，沟壑纵横，形态就像"鸡爪子沟"。当时，大量移民来到敖汉旗，统治者对土地毫无节制地放垦，打破了敖汉人的生活秩序，也严重破坏了敖汉旗的生态环境。民国时期，北洋军阀政府、国民政府为了支付高昂的军费，实行强制垦殖西辽河流域草地的政策。无节制的放垦与粗放型的生产经营使敖汉旗生态环境进一步恶化。据有关资料记载，当时的敖汉旗："风过沙平，轮蹄无际，丘陇易没，几无大路之可遵，弥望辽阔，居民鲜少车驮，非识途者不敢轻履其地，或一迷惘，无处可得饮食。且风沙多厉，瞬息将就埋没，三冬风雪，沙与房齐，不辨庐舍，恒有赶车失途误自人宅后升至房顶者，唯迤被沙漠之区除畜牧外，不宜耕种。"与此同时，敖汉旗自然灾害频繁，吞食耕地现象十分严重，使这一阶段的敖汉旗耕地面积锐减，风蚀沙化和水土流失严重。

土地沙化

20世纪70年代前，敖汉旗土石山区和黄土丘陵区面积约为5600平方千米，约占全旗总面积的67%。全旗严重沙化退化面积1100多平方千米，其中大约有500平方千米为流动沙地。全旗水土流失面积6600平方千米，其中水蚀面积4600平方千米。全旗五条河流年出泥沙总量2178万吨，水土流失名列赤峰市第一。这个情况表明，敖汉旗的土地资源不治理不行了。

风沙暴虐，山洪泛滥，缺吃少穿没柴烧。当时敖汉旗的农业生产情况是"种一坡、拉一车，打一簸箕、煮一锅"，农民烧柴的方式也是"空前绝后"——捞淤柴、捡粪蛋、搂干草、耪草根、扫草渣。下面仅以一个20世纪60年代中期出生的敖汉人的经历和一个故事来佐证。他十岁左右时做过三件事。一是扫羊粪。在羊群走过的黄土路上,十岁左右的孩子们占领根据地似的你一块我一块地用扫帚清扫羊粪蛋,以补烧柴不足。二是早晨起来抢牛粪。每天早晨,生产队的几条耕牛被赶出牛圈时,孩子们都跟着牛走,在后面捡拾牛粪。为了占羊粪蛋地盘,为了抢一堆牛屎,平时很要好的小伙伴,红脸都是轻的,时常动起扫帚和牛粪叉子!三是上山搂柴火。这就不用细讲了。再讲一个例子吧!王燃曾在他的遗作《荒漠绝响》中讲了一个故事,读后令人心酸至极,心情久久不能平静。20世纪70年代初,王燃的妹妹来到敖汉旗的老姑家,老姑家家徒四壁,连干柴也没有。老姑借来三个鸡蛋,在青草、半干青草的烟熏火燎中煮了三个多小时也没有煮熟!老姑流着眼泪看着侄女来了又饿着肚子走了……

1976年,敖润苏莫苏木荷也勿苏嘎查有46户人家被风沙逼迫迁出;1981年5月10日,连续三天三夜的飓风过后,堆沙阻断了京通铁路,有的路段甚至积沙2米,导致该线停运72小时,造成重大损失;在北部沙区,牛犊子顺着积沙上房掉进了做饭的老铁锅……

治河图(20世纪90年代)

据有关资料记载，20世纪70年代末，全旗有林面积仅仅125万亩，占总面积的10%；人工种草面积更可怜，仅有15万亩；南部水土流失，北部风沙干旱，水土流失面积高达960万亩，占总面积的77%，侵蚀模数在每年每平方千米5000吨以上的土地就达310万亩，严重地区高达15000吨。沙漠肆虐、沟壑纵横、山体破碎、降水和土壤养分大量流失，无一不表明敖汉大地在"大失血"！她在呼唤有志的儿女们改天换地！

基本生存条件将不复存在的严酷现实，坚定了敖汉人根治沙害、防治水土流失的决心和信心，开展大规模以植树种草为中心的旨在改善生态环境和生存、生产、生活条件的生态建设大会战成为必然选择。

四、绿色的再造

以时序论，敖汉旗生态文明建设过程可以叙述如下。

1949年，敖汉旗在孟克河两岸插柳固沙，这是有文字记录的第一次规模性人工造林。时年，敖汉旗有林面积16万亩。至1973年，敖汉旗有林面积120余万亩，森林覆盖率为9.6%。20世纪70年代，敖汉旗把根治沙害、改变生态环境作为长期战略任务，开展以植树种草为中心的大决战。到1977年，全旗有林面积140万亩，森林覆盖率为11.2%。

1980年，全国水土保持工作会议召开，水利部颁布《小流域水土保持综合治理办法》。1982年，敖汉旗委作出《关于种树种草的决定》，计划每年造林30万亩，用10年时间使森林覆盖率达到30%~40%。1988年，敖汉旗委、旗政府作出《关于大力开展以水土保持为中心的农田基本建设的决定》，有组织有计划地开展农田草原水利基本建设。1989年，敖汉旗第十届人大常委会第十三次会议审议批准旗政府制定的《关于7年（1989—1995）实现全旗绿化的规划》，并作出决议，把规划当作"保农促牧、恢复生态、振兴敖汉、致富人民"的战略措施进行落实，决议的精神提炼为"一届接着一届干，一任干给一任看，一张蓝图绘到底"。内蒙古自治区绿化委员会办公室在全区转发了这个规划。

20世纪90年代，敖汉旗实行集中会战，以春、夏、秋（冬）大会战为主要形式，掀起了以"植树造林种草、防风固沙、水土保持、整修梯田"为主要内容的生态建设高潮。这一壮举引来了络绎不绝的参观学习者，各级新闻媒体给予大量报道，敖汉旗生态建设从此闻名遐迩、声名鹊起。1998年，敖汉旗委、旗政府作出《关于加强生态农业建设的决定》，即从1998年开始，用5年时间再造林100万亩，使人工种草保存面积达到100万亩，牧业年度牲畜存栏100万头（只），农牧民人均增收1000元。2000年，敖汉旗提出"生态立旗，产业化强旗，工业富旗，科教兴旗"四大发展战略，将生态战略确定为立旗之本、发展之本、振兴之本。搞好生态建设已经成为每一个敖汉人不可动摇的理念和生产实践指南。

沟道综合治理工程

进入21世纪，一批重点项目和重点工程得以实施与完工。2016年，敖汉旗森林覆盖率达43%以上，有林面积达到572万亩（中国敖汉网站数据）。2020年，敖汉旗森林覆盖率达到44.17%。

生态建设给敖汉旗带来巨大的生态效益、经济效益和社会效益，敖汉旗步入了林多—草多—畜多—肥多—粮多—钱多的良性发展之路。

五、典型的力量与光辉

（一）六道岭上见精神

敖汉旗的生态建设离不开典型示范和精神引领，六道岭人及六道岭精神就是其一。目标和观念决定行动。因为六道岭人有改变生态环境的坚定信念，所以六道岭村（以下简称"六道岭"）的生态环境改变了。因为有一张蓝图美景，所以有了现在的六道岭：杏树满坡，松树满岗，杨树满沟，满目葱绿，果实丰盈。这里的群众，每年每户捡蘑菇、卖杏核的收入，少则几千元，多则几万元。草料多了，牛养肥了，卖牛收入颇丰。群众谈起这些，都很自豪！这是2018年一位龙姓村民的话。通过敖汉旗六道岭艰苦创业的事迹，可以深切感受"敖汉旗生态文明建设传统"形成的过程。

感人肺腑的鲜活故事

六道岭山上村民的脸，是一张张被风沙吹皱和烈日晒黑的脸。

六道岭山上村民的手，是一只只被石头磨破砸伤的手。

六道岭村民虽是一群普普通通的山民，但是，正是这群普普通通的山民在六道岭这片荒山秃岭上，凭着对六道岭美好未来的坚定信念和强烈的使命感，用辛劳和汗水谱写了一曲改变生态环境的时代壮歌。

20世纪80年代，六道岭是敖汉旗东南部山区的一个行政村。20世纪90年代，六道岭光山秃岭，肆虐的洪水冲出满山遍野的鸡爪子沟，土地越来越少，也越来越瘠薄，更为严峻的是没柴烧——人们的生存受到严重威胁。虽然人们在山下、河滩植树种草，但受水冲沙掩影响，收效甚微。

1992年9月26日，六道岭领导班子在村民组长舒本玲家低矮残破的小土屋里召开了一次会议，明确了自上而下的治山思路，作出了到20世纪末完成对六道岭所有坡面进行治理的规划。六道岭人从此拉开了植树造林、治山治水，与贫穷决战，向荒山秃岭要生存求发展的序幕。

"治就要从根本上治，不能叫子孙后代骂祖宗，六道岭村要在我们这一届班子手中变个样儿！"这是全体班子成员的铮铮誓言。9月27日，村党支部书记段景岐、村委会主任王福林带领规划组，拿着用拖拉机输油管做的简易水平尺上了山。10月1日，六道岭召开了全体党员和村民组长大会。王福林宣布六道岭的治理规划：从今年（1992年）开始到2000年，把六道岭荒山秃岭全部治理，当年需完成300亩台田的治理任务。翌日，六道岭人倾村而出。西山坡上人欢马叫，打破了多年的沉寂。饱尝了生态环境恶劣之苦的六道岭人，对治理荒山秃岭表现出了极大的热情，人人心中燃起了一把希望之火。在这空前艰难的征程中，六道岭的党员和干部始终冲在最前面，成为六道岭900多人名副其实的"领头雁"。

六道岭小流域治理工程

在六道岭的党员干部看来，党员要吃苦耐劳、无私奉献，当干部就要舍小家为大家。从被选为村干部的那天起，六道岭村的干部们就把自己与六道岭900多人的命运联结在一起。

村里拉开会战序幕的关键时刻，段景岐书记的母亲病重瘫在炕上，他心急如焚。然而，想到自己是一名党员，是六道岭村党支部书记，六道岭的父老乡亲正眼巴巴地看着自己，段景岐毅然撇母舍家上了山。第二年春天，母亲的病情加重，但造林大会战正如火如荼，段景岐一天也没在家耽搁，仍带领乡亲们在山上继续奋战。一天上午，白天晚上住在山上的段景岐下山办事，顺便回家看望母亲。一进门，他愣了，一屋子的人正围在母亲床头，他急忙奔过去。病危中的母亲睁开眼，望着自己的儿子断断续续地说："我的日子不多了，陪妈待一晌午吧。"但会战工地有急事，段景岐安慰母亲几句，便强忍着悲痛返回山上。等到他晚上回来时，母亲已经昏迷不醒了。第二天，老人辞世。段景岐含悲忍泪地说："这些年，啥都为

会战让路了！"

村委会主任王福林也是一个为村忘家的人。王福林一直想在自家院子里再盖一间小房，水泥也早就买好了，可是他的全部心思和时间都用在了治山上，盖小房的事一拖再拖，最后，干脆把水泥转给了别人，不再想盖小房的事。王福林对妻子说："不管干啥，不能把治山耽误了。家里活扔点就扔点吧，谁让咱是干部呢！"由于他家离会战工地近，从大会战开始的第一天起，他们家就自然而然地成了临时招待所。每到中午，乡亲们仨一帮俩一伙地到他家里来喝水吃饭，歇息一会儿。王福林的妻子虽然患有低血压和神经性头痛，但是每天老早就把水烧开，把饭做好，等待乡亲们的到来。一天下来，他们家的炕烧得躺不住人。

村妇女主任赵子华是一位好心肠的多面手。丈夫有病不能上山，她白天参加会战，晚上回来除了做家务，还经常去给乡亲们打针、输液，有时还接生。她娘家只有妹妹一个亲人，妹妹几次写信让她去住两天，可是春天推到夏天，夏天又推到秋天，好几年都未能成行。1994年端午节那天，赵子华很晚才从山上回家。一进门，灶上没有一点烟火，女儿正坐在炕上守着一盆泡好的黄米噘着嘴生气。赵子华忽然想起，今天是五月节，她没有包粽子⋯⋯直到五月初七，女儿才吃上她包的粽子。

1993年秋季会战，王福林的内弟舒本新找他去验收树坑。王福林到现场检查后，一下就火了：72个坑没有一个合格的！当时别人都下山了，山上只有他们两个人。舒本新说："姐夫，你抬抬手就过去了，反正也没人看见。"王福林一听火更大了，他说："不能过去，这坑一个也不算数！"说完，他头也不回地走了。在治理六道岭的问题上，六道岭一班人不仅交上了一张让群众满意的答卷，而且在群众中树立了党的基层组织和共产党员的光辉形象。他们身上体现出来的认真负责的精神形成了一种巨大的凝聚力和向心力，召唤着六道岭人投身到改变家乡面貌的伟大征程中来。

再看看我们的普通党员。

孙保江，这位在解放战争隆化战役中负伤，左肋下还有一大块弹片的68岁的老党员，在1992年10月1日参加完全体党员和村民组长会议后，兴冲冲地回到家中，不停地念叨着："这是好事，这是造福子孙后代的好事啊！早就应该这样干！"第二天一早，老人就要扛起铁镐上山。儿子孙平上前抢下镐头，劝道："你这么大岁数了，上山磕着碰着咋办？再说，你一天能挖几个坑？我们多挖几个啥都有了。"老人一听，急了："我挖一个是一个，我挖是我的……"然后夺回镐头，头也不回地走向大山。每天晚上，老人浑身痛得在睡梦中哼出声来。老伴叫醒他，问他哪难受，他却说哪也不难受。第二天一早，他又精神抖擞地奋战在会战工地上。儿子、儿媳心疼父亲，他们知道老人有胃病，吃点凉的和硬的就犯，于是他们劝老人中午下山回家吃饭。老人却说："下山上山一来一回就得半个多时辰，有这工夫能挖一个坑。"后来，老人的胃病犯了，痛得他一阵阵冒虚汗，可他一声不吭，有时实在坚持不住了，就用手捂着胃蹲一会儿。儿子劝他下山，老人说："我这是老毛病，一阵儿就过去了。"孙保江经常对家人说："等我死了，你们就把我埋在我挖的山上。"老伴埋怨他说话不吉利，他却反驳道："有啥不吉利？！等山治好了，有树有花有果的，那好地方上哪找去！"

然而，老人最终没能等到六道岭满山是树是花的那一天。1996年，老人病倒在第二经济沟秋季会战工地上。这位一辈子都在盼望六道岭人能过上好日子、一辈子都以自己是一名共产党员而自豪的老人，悄悄地离开了他热爱的六道岭。从此，六道岭的北山坡上伫立起一座坟墓，这位老党员就静静地躺在这里。

郭瑞义从30多岁起就开始在房前屋后、梁上梁下栽树，可是栽的多活的少，有时一场洪水下来，几年的辛苦便被冲得无影无踪。1992年大会战刚一开始，68岁的郭瑞义二话没说就带着儿子、儿媳上了山。一开始，他一个人一天能挖40多个坑，慢慢地，他有些挺不住了。别人劝他说："你又有儿子又有儿媳，他们上山挖就够了。你这么大岁数，也干不了多少，就别上山了。"郭瑞义说："我干不多还干不少？干一点是一点。"中午，离家近的人都下山吃饭去了，带饭的人吃完饭也要歇上一会儿，可他吃完饭就接着干。等别人上山的时候，他已经挖完两三个树坑了。按照标准，一个坑要150厘米长、70厘米宽、50厘米深,可是郭瑞义挖的坑每一个都超过标准。他说:"我挖大一点,检查时就不会不合格。我是一名党员,要是挖得不合格,别人会怎么想!"

就这样,六道岭人干出了成果。1993年秋至1994年秋,仅有300多名劳动力的六道岭就投工36000个,动用土石方30万立方米,修公路4千米,建台田400亩,种小麦5500亩、大扁杏200亩,栽树300亩,种草500亩。自此,第一经济沟初具规模,六道岭人便把战场转移到第二经济沟。

意志创造绿色奇迹

站在六道岭第二经济沟的山顶,参观者震惊于那漫山遍野的层次分明的树木,再次领略到六道岭人的伟大创造力。在这里,力量并非仅仅是物理性的,它的内核是坚韧不拔的意志。六道岭的攻坚班和铁姑娘班,铁骨铮铮,为了一个绿色之梦,用心血和汗水书写了一页感人而厚重的历史。

第二经济沟与第一经济沟不同,这里山高坡陡,山石裸露,治理起来难度更大。特别是第二经济沟的东坡,石沙夹杂,一镐下去一个白点。一个体格健硕的男人几镐下去,汗就下来了,大半个上午才挖出半个坑。他深有感触地说:"全旗的大会战工地我几乎跑遍了,还没见过像这样难挖的。"

为了解决会战进度慢的问题,六道岭采取了两项措施:一是成立了由李红云、陶玉梅、刘春丽、李春华、秦淑云、舒本英六位姑娘组成的"铁姑娘班",二是成立了由舒战富、孙平、舒本玉等十几个男子汉组成的"攻坚班"。铁姑娘班誓言豪迈:"我们的'铁'是冲着石头来的,我们倒要瞅瞅,是石头硬还是'铁'硬。"实践证明,铁姑娘班真是好样的,那比石头更硬的是她们,更是六道岭人顽强的意志,是六道岭人对未来坚定不移的信念。

在铁姑娘班,每个人都有动人心弦的故事。

李春华人小能干又坚韧。她是铁姑娘班中年龄最小的,仅仅16岁。在正常家庭,应是她花开无忧的时节,可她的母亲下肢瘫痪,卧床不起,连身子都不能翻,每天早晨,李春华很早就要起床做饭,伺候妈妈吃完饭,再喂猪、喂鸡。待做好这一切,再把凉好的水放在妈妈面前,然后再上山。中午,别人带干粮在山上吃,李春华还得往返十几里赶回家给妈妈做饭。日复一日,李春华的身体渐渐消瘦了,每天回家做完家务浑身酸痛得像散了架一样。一天早晨,她刚一睁眼便意识到自己起晚了。她风风火火做完家务扛起铁镐冲出家门,忘了把水放在妈妈面前。中午,当她拖着疲惫的身子走进家门时,一下子呆住了:母亲浑身是土地趴在地上,头上磕了一个鸡蛋大的包。原来快到晌午的时候,李春华的母亲渴急了,见水就在自己的背后,就想翻身去取,结果摔在了地上。李春华急忙奔过去,使出浑身力气把妈妈抱到床上,一时间,母女俩抱头痛哭。可即使发生了这样的意外,她也坚持如故。

陶玉梅平时寡言少语,可干起活来就像"拼命三郎"。有一天,铁姑娘班正在一块岩石裸露的陡坡上鏖战,突然下起大雨来,眨眼间,姑娘们都被淋透了。指导大会战的乡长怕她们被雨淋坏了落下病,就劝大家下山避雨。陶玉梅抹了一把脸上的雨水,说:"你们干部都不下山,我们也要坚持。"说完冒着雨继续干。陶玉梅的姐姐在沈阳有一份好工作,她见妹妹累得不像样,就劝妹妹和她一起到沈阳去,陶玉梅却一口回绝了。陶玉梅的母亲去找妇女主任赵子华,求她去劝陶玉梅。陶玉梅对赵子华说:"我也知道外面好,可山总得有人挖呀,我现在挖山挖出了瘾,哪也不去了。"

有一天中午,秦淑云忘了带饭,别人劝她下山吃饭,她不肯,坚持要在山上把当天任务完成。那天天气特别热,太阳像个大火炉,烘烤得人喘不过来气,汗水滴在石头上瞬间就蒸干了。到了下午两点多钟,秦淑云昏倒在山上。大家把她抬下山后,劝她在家好好休息几天,可是第二天她又奋战在工地上。

舒本英出嫁到辽宁省四十家子草帽沟后,心里仍牵挂着家乡的山山水水。1996年,已经是一个孩子母亲的舒本英特意赶在村里大会战时回了娘家。进了娘家门,她把孩子往母亲怀里一塞,扛起镐头就上山,重新回到铁姑娘班这个令人难忘的集体。有人说："你一个出门子的人还来干啥？"舒本英说："我虽然出门子了，可我的娘家还在这里，我挖的坑、栽的树还在这里。我想看看我栽的树长多高了，我想再多栽几棵。"

攻坚班是六道岭另一个英雄群体，哪里艰险，哪里就有他们攻坚克难的身影。

攻坚班班长舒战富55岁了，虽是攻坚班中年龄最大的，可劲头一点不差。有一处石硬坡陡人想站直都相当困难的山坡，是最难啃的一块骨头。舒战富便主动请缨，把他的攻坚班拉到这里，而且自己占据了最险要的一处。他们中午不下山，饿了，啃一口凉干粮；渴了，喝一口凉水。有时，他们一人一天能喝10千克的水。山石遍布的陡坡，一镐抡下去震得他们虎口痛。石头硬还不算难，在挥镐的同时他们还要注意不要让石头滚下山去砸着别人。有一天，舒战富正对付一块巨石，突然镐尖在石上一滑，舒战富身子一歪跌倒在陡坡上，顺着陡坡向山谷滑去，一米、两米、三米……最后，一块裸露的石头挡住了他。当他艰难地爬起来时，淋漓的鲜血已经挂满双臂……

在六道岭第一经济沟和第二经济沟里有一条随山势蜿蜒起伏的路，顺着这条路，能走遍第一经济沟和第二经济沟的每一个山头。这是六道岭人用尖镐一镐一镐刨出来的作业路。修这条路时，舒战富的哥哥上山找到他，说："你亲家家里捎过信来，说你亲家去世了，让你去帮助料理一下后事。"亲家去世，按理说，舒战富应该去，哪怕到那儿看一眼也行。可是眼前这个大石砬子不消灭，路就通不了，车马就上不了山，就会影响第二经济沟的会战。为难中，舒战富想到了自己刚考完试在家等通知的儿子，他便让儿子替他去奔丧。

一个多月后，考上内蒙古师范大学的儿子要走了，妻子想让他送儿子上学。当时舒战富仍在山上鏖战着，他说："这条路修不好，就影响会战工期，你说哪个重要？"结果，儿子一人踏上了陌生的路程。

挖树坑最多的是舒本玉。这个当年为了捞柴差点在洪水中送命的人，在攻坚班成立时，毅然辞去一个月1000多元钱收入的木匠活计，从沈阳赶回家中，扛起镐头就上了山。一次，在抬一块二三百斤重的大石头时，他的大拇指一下被挤在两块石头中间，顿时血如泉涌，他不得不下山包扎。可是第二天，他又上了山。后来，他的大拇指上留下一条深深的足有三厘米长的疤痕，可他不后悔。他说："我在外面干木工，挣的是不少，可那是给别人干，干一天说一天。现在村里在山上挖坑种树，是造福子孙后代的好事。就说那山杏吧，年年长年年结，到啥时候也没不了。子孙后代再也不用像我那样，为到洪水中去捞柴而差点送了命。"

带着这种朴素然而闪光的精神，舒本玉这个中年汉子长年奋战在工地上。每天，他都要比别人多带一桶水上山，别人拿两件工具，他拿三件：铁锹、铁镐以及一根自制的撬杠。舒本玉是为六道岭挖树坑最多的人：八年中，舒本玉挖了16000多个树坑。

杨义芳，一位65岁的退休教师，本可以在家颐养天年，但是自六道岭人开赴荒山的那一天起，他就成为治山大军中的一员。杨义芳年迈体弱，在别人看来好挖的土坑他都挖得特别费劲，而一遇到石坑，他便更加力不从心，抡几镐就得歇歇喘口气。有时实在抡不动了，他就蹲下身子用手抠、撬，即使手指被磨出了血，他也一声不吭。他的背驼了，人们说他的背原本不驼。而他那握了一辈子粉笔的手如今已经满是老茧，粗糙如锉，再也不会伸直了。杨义芳却自豪地说："我的子子孙孙还得生活在这里，我咋也得给他们留点什么。""我这辈子得不上济，我儿子能得上；我儿子得不上，我孙子也能得上。"

按照村里的规定，烈属张会完全可以不参加治山会战。可是，他不但坚决要求上山，而且一天不耽误。当时，村里为鼓励大家治山，制定了"多劳多得，秋后齐工兑现"的激励政策。按这一政策，张会每挖一个坑都会得到一元多钱的报酬，可是张会有言在先："我挖树坑，一分钱也不要。"

8年中，张会义务为村里挖了1000多个树坑，栽了3000多棵树。在满是岩石的第二经济沟北坡，石坑里没有土，张会就用筐从半里多地以外的南坡往这儿背土。一筐、两筐……汗水湿透了他的衣衫，一天、两天……他天天干得那么认真。村里的干部群众看他没日没夜地干,就劝他:"你这么大岁数,别上山了。"他说:"在家待着也是待着,我就愿意栽树。现在挖一个坑,栽一棵树,将来六道岭漫山遍野都是树都是果的时候,日子就好过了。"

虽然张会知道自己也许活不到六道岭漫山遍野都是树都是果的那一天,但是,他并不觉得这是一种遗憾。他流血流汗图的就是让六道岭的后人过上好日子。

舒增,一位60多岁性格倔强的老人,在脑血栓病情刚稳定,走路还磕磕绊绊的情况下,就套上马车,拉着儿子、儿媳上了山。一天晚上,他赶着车下山,车猛地一颠,把他从车上摔下来,车轮紧擦着他的头皮碾过去。儿子、儿媳吓坏了,说啥也不让他上山了。舒增激动地说:"这场病没要我的命,就是万幸。说不上哪天我就不行了,现在我多挖一个坑是一个坑。"最终,他还是坚持上了山。1995年夏季大会战,儿子舒占春在另外一个山头挖。晚上下山的时候,舒增问儿子:"你挖多少个?"舒占春回答:"17个。"老人一听来火了,大骂儿子:"你真完蛋,我还挖8个呢,你才挖17个。"这一年,舒增一家多挖了300多个树坑。

8年下来,六道岭磨秃了多少把尖镐,使坏了多少张铁锹,没人能算得过来。人们只知道,在最艰难的日子里,磨秃的铁镐得一天一捻。而主动承担捻镐任务的是中共党员孙保江的儿子孙平。这位攻坚班的虎将,白天,苦战在工地;晚上,支起炉灶,拉起风匣,烧旺炭火。在寂静的夜晚,六道岭人经常能听见"叮当""叮当"清脆的锻击声。

他们是六道岭群众杰出的代表,植树造林、改善生态环境的英雄!

他们不停地挖、拼命地干……8年后,当六道岭村主任王福林站在六道岭的最高峰,环视那一个个树坑、一片片绿荫时,说出了这样一句话:"我真有些后怕。我不敢想这是咋干出来的!"是的,在最危险的时候,六道岭人没有一人退缩;在最艰难的时候,六道岭人没有一人叫苦。他们心中只有一个信念,那就是:六道岭人不能再受穷了,要留给子孙后代一个绿色六道岭!

精神永存天地间

六道岭人的奉献精神的确让人难以忘怀。

1994年初冬，六道岭会战结束的前一天，气温骤降，天空中飘飘扬扬下起雪来。到了晚上，积雪已达半尺多深，六道岭银装素裹。王福林和段景岐商量后决定，第二天除村干部上山验收外，别人就不用上山了。可是第二天清晨，当王福林带领村班子其他成员走到山脚下时，惊呆了：山坡上布满了人，大片大片的积雪已被新挖的土石覆盖！

在六道岭，最热闹的日子就是每年大会战的那几个月，工地上每天都是人欢马叫一片沸腾景象，全家男女老少齐上阵的感人情景处处可见。每天清晨，去往工地的路上车水马龙，最多时，一天上山的各种车辆达到100多辆。看到那壮观的场面，一位前来视察的领导激动地说，这样的场面只有在电影里才看到过。

上山时，六道岭人除了带铁镐、铁锹，还有三件东西必不可少：饭盒、水桶、塑料布。饿了，他们就啃一口凉干粮；渴了，就喝一口凉水；下雨了，就把塑料布扎在头上。一位乡干部看到人们顶着塑料布在滂沱大雨中挖山不止的动人情景时发下誓言，一定要给六道岭每人都买件雨衣。六道岭人并不在乎什么雨衣，他们最怕的就是把挖山的任务耽误了。

这是一种多么可贵的精神。有了这种一定要让荒山秃岭变样，一定要让后代人过上好日子的坚定信念，什么样的困难不能克服，什么样的艰难险阻不能战胜！

正是凭着这种精神，六道岭人用了整整8年的时间，在30个山头、18条大沟、17000多亩的荒山秃岭上挖下了140多万个树坑，栽上了黑松、山杏，种上了沙棘、草苜蓿。有人曾经给六道岭人算过一笔账：8年中，六道岭人挖下的土石方达70多万立方米，每个劳动力平均达2400立方米。这些努力取得了明显的生态效益：地下水位上升了3米，河床下降了1米，粮食亩产也由51千克增加到250千克。这看似枯燥的数字是六道岭人用汗水、鲜血乃至生命铸成的六道岭新的灵魂，是六道岭人用汗水、鲜血乃至生命镌刻在大山上的与日月争辉的不朽的生命乐章。而今，昔日的荒山秃岭披上了翠绿的新装，彻底改变了这里的生存环境，人们开始走上富裕之路。

"不干不行，山硬石硬也敢碰；干就干好，不让子孙骂祖宗；不等不靠，老牛拉车一股劲；无怨无悔，一心想着六道岭。"这就是在大地上广泛传颂着的六道岭精神。

英雄的业绩总会长久地令人敬仰。1997年，中共敖汉旗委员会、敖汉旗人民政府召开了一个特别会议，决定给六道岭村树碑立传。碑文如下：

六道岭，亦称十二连山，实则山头三十座，大沟十八条。昔日，沟壑纵横，童山濯濯。自1989年始，六道岭党支部、村委会为求九百乡亲之生计，率三百劳力，不因天热，治山不止。新媳不省亲，嫁女犹回门。童叟羸弱，亦不甘人后，皆手足重茧。仅借一锨一镐，断石翻山，常餐风饮露，捱寒负暑，遂成埋头倾血汗勤韧建家园之优良民风。八年苦战，山河易容。掘土石七十万立方，综治流域一万六千三百亩，形成今日植被繁茂之生态经济沟。如今，水不下山，土不出川，尤利于下游农牧之永续发展。此质朴壮举，惊天地，泣鬼神。其宝贵精神，值各业后人景仰继承，发扬光大。

（二）金色画卷满目新

如今的三十二连山风景，已经是远近闻名了！春天的杏红妩媚动人，夏天的梯田绿意盈波，秋季的风光金色满目，四面八方的游客在古铜色的木栈道上流连忘返……

创造这景象的是一次大会战，是1997年萨力巴乡夏秋农建会战，这是一次典型的乡级联村集中会战。这景象展示的是萨力巴人集中全乡力量勇战黄花甸子的伟大气魄和凭这种气魄创造出来的宏伟工程。

敖汉旗政府驻地新惠镇沿国道111线西北行22千米处，就是萨力巴乡人民政府所在地。群山环抱的黄花甸子就在它的西南方向4千米处。岁月沧桑中，乱垦滥伐导致黄花甸子黄沙肆虐，洪水泛滥，这里的几代人曾无奈地对着盘亘在村旁的三十二连山想过：什么时候才能改变它的模样？

决策正确气魄大

1997年秋季，萨力巴乡农建会战改变了以往各村各自为政的方式，而是以联村集中会战的形式，让全乡山河改变模样，为脱贫致富奠定基础。经过充分研究、规划，萨力巴乡把大兵团、集体作战重点放到了黄花甸子村三十二连山上。这次会战全乡总动员半个月就完成了任务，兴修水平梯田3300亩。号角在10月17日的全乡三级干部动员大会上吹响了。这是自实行家庭联产承包责任制以来，全乡第一次集中的大规模作战。如何把人民群众组织起来并保质保量地如期完成任务，是乡领导、村组干部面对的主要问题。

决策既已作出，就豁出去干吧！乡里先请旗水利局水保部门的专业技术人员和乡水保、林业、农业站通力协作，进行全面规划。在时间紧任务重的情况下，他们仅用了3天时间就规划出三十二连山的全部工程。10月20日，第一批会战人员浩浩荡荡地开进了三十二连山。那些刚放下镰刀又扛起镢头的干部群众，相继从四面八方扬鞭驾车而至，展开了鏖战，其中最远的村距工地50里。一时间，空寂的三十二连山人欢马叫，沸腾起来了。出工人数最多时达7500人，占全乡总人口的35%，出动拖拉机、三轮车等大小车辆400余辆。

当时，记者王国疆和崔振爽从会战工地上采摘了几朵"花絮"，足以让人领略到当时工地上干部群众的精神风貌。

花絮之一：旗长率团参战

10月24日，是入秋以来最冷的一天。北风呼啸，气温下降到-10℃，人站在山上被风吹得踉踉跄跄，扬出的土也会被风吹成漫天黄沙。旗长王国联和副旗长冯云亭、魏俊卿、郭京生率旗财政局、妇联、人保公司、物资局和宾馆等单位的100多名干部职工，冒着严寒，顶着狂风，一大早就到黄花甸子村三十二连山工地参加劳动。他们自带午饭，中午就吃在工地上。这一天，他们挖了1200个林网水平坑。他们的行动鼓舞了会战的干部

三十二连山综合治理工程

群众，他们说："旗长都来参战了，我们更得好好干了。"

花絮之二：会战工地觅新郎

会战工地上流传着一段桑塔纳车满山找新郎的佳话。

新郎名叫宋吉春，是萨力巴村第六村民组组长，已过而立之年。中年娶妻，可谓大喜，不巧的是他的婚礼日是会战的第一天。家事公事发生了冲突，但这位硬汉二话没说，毅然决定会战去！新娘车到了找不到新郎，于是便派人到工地找他，领导和乡亲都劝他快回去办婚事，他却坚定地说："我是组长，是带头人哪！"他直到把应分的任务、应交的手续和自己的任务完成才回去，此时已是午后了。第二天一早，人们发现这位新郎又照常出现在工地上了。

花絮之三：组长为子推婚期

老牛槽沟村十二组组长白久龄正准备为儿子举行婚礼时，乡里召开三级干部会议，决定举行全乡会战。参加会议回来的当天晚上，他就召集家人商量，推迟儿子的婚期，并说："不能因私事而拖全村后腿，影响全乡的大会战。"

花絮之四：指挥中心原来是地窨子

会战开始前三天，人们拉了1800米长的线路到山顶，又挖了一个4平方米的小地窨子，将乡广播站迁到了这里。乡党委副书记挂帅，播音员轮班上岗，工地上每村出一名通讯员及时撰稿。会战期间，那尘土飞扬的播音室里播出了30多条现场新闻，鼓舞了参战人员的干劲儿。其实这里已不是单纯的战地广播站，而是整个会战的指挥中心：会战总指挥的号令从这里发出，村干部在这里签到，一天两次会议在这里召开……谁能想到，指挥千军万马的大本营竟是这样一个地窨子！

花絮之五：个个像黑包公

乡党委书记鲍杰峰、乡长阚守清、乡党委副书记迟雁飞、副乡长韩旭东等，个个被风吹日晒得黑似包公。他们坚持质量标准也似包公，不合格者、不达标者坚决返工！鼻子蹿火、眼生眵目糊、嘴唇起泡是这些干部的典型特征。当他们站在三十二连山的主峰，俯视远近高低不同的山上密密麻麻的水平坑、层次井然的梯田时，无不由衷又自豪地说："值得！"

结果是杰作

当会战近尾声，踏上三十二连山的工地，沿山路逶迤而行时，虽然冷风劲吹、寒气袭人，但是，看到大变模样的三十二连山，所有人都热血澎湃。

放眼三十二连山，山山水平坑覆盖，坡坡梯田埂环绕，像若干个八卦阵的组合，又像数不清的天梯节节相连、级级升高，真是恢弘壮观、气势磅礴，大手笔的杰作从山脚下一气写到山顶！不论说它是一首豪气冲天的抒情诗，还是说它是一幅错落有致的立体画，都恰到好处！这里显示的是人民群众集体的伟力：7000余条坝埂，连接起来长达111002延长米，10多千米；治理三十二连山1.58万亩，其中夏季小流域治理面积1.2万亩，梯田3300亩；5条240亩的防护林带，4000个路边坑，迂回盘旋19千米的山间作业路……为了再现昔日黄花甸子的娇媚，年近花甲的旗水利局高级工程师任凤城在这个秋天磨破了鞋底，冻裂了双手，每日行程50多千米，搞测量，进行技术指导；黄花甸子村民兵连连长刘忠民夏季会战时跑碎了5双鞋；北洼村的农民高天杰把瘫痪的老母亲送到邻居家看护，自己到几十里以外的黄花甸子去修梯田；黄花甸子的村干部在夏季会战中自觉组成攻坚队，专拣硬骨头啃，义务凿石坑200多个……数不清的英雄让大自然恢复了往日的风采！

为了工程质量，为了黄花甸子更娇美的姿容，干群严把关，三级干部落实责任制，四人以上结组施工。那轰轰烈烈的劳动竞赛，还有那检测坝埂硬度的铁梃杖、检测坡度的三角尺……无不真实地记录着会战情况！"发扬愚公精神，造福子孙！""宁可苦干，不可苦熬！"书写在光滑的坝埂上，阳光下，好似萨力巴人令人敬佩的气魄在闪光！

互助合作的大家庭

12个村为一个村修梯田，仅仅一个村受益，那非受益的11个村是怎样想的？受益村又是如何做的？

非受益村萨力巴村党支部书记孙家利、副书记白敬尧说："这次为外村参加会战是我们村落实农业生产责任制以来的第一次，但我们干部群众很快就发动起来。我们村出工人数最多时一天达1000余人，干了近10天，保质保量完成了会战任务。要知道，我们是放下自己的会战任务而响应乡党委、政府号召参战的，这也是小局服从大局呀！不错，像萨力巴村一样，母子山村、白土营子村、北洼村……哪个村不是这样呢？党委政府的号召力、基层党组织的凝聚力在这里充分得到显示！"

作为受益村的黄花甸子村，村民们感谢乡党委、乡政府为他们办了一件令子孙后代都不能忘记的大好事。他们边会战边热心为远道而来的会战群众提供住房，为他们做饭、送水，有的人家拿出酒来招待客人，甚至油、盐、酱、醋、菜。他们说："人家来帮助我们改变面貌，我们有啥说的？到别的村会战时，我们也一样干！"

萨力巴乡党委书记鲍杰峰颇有感触地说："人民群众是会战成功、创造奇迹的英雄，从上到下三级干部尽职尽责，认识高、干劲大，是我们会战胜利的关键，措施得力、组织严密是实现会战目标的保证。会战锻炼了干部，教育了群众，积累了经验。我们还将把这一做法进一步完善，通过人民代表大会规定下来，年年接着干，萨力巴乡的未来一定是美好的！"

是的，今天的三十二连山，绿树挺立，五谷丰登，黄花娇媚，山川秀美，盘桓于山顶的木栈道上游人如织……

六、守护绿色　守护家园

在敖汉旗的绿色发展中，离不开对绿色的守护。栽树成功了，更要护好树。敖汉旗的每个乡村都有护林员，都制定了护林公约。这些绿色卫士的故事动人心弦，难以忘怀。

有位老护林员名叫孙国轩，他一生爱树、护树。1984年，他已经72岁，党龄已33年。他一个人看护上万亩林地，其中2000多亩的树木已经长成参天大树。眼见他年岁已大，群众想给他选一棵最好的树做寿材，可是他拒绝了，他自己选了一棵沟沿上的"疤癞柳"。

还有一位叫许堂的护林员，也爱树如命。树木损毁一棵，他就补上一棵，一共补了2000余棵。为了抓住盗伐树木者，他搬到山林里住了三天三夜，直到抓住盗伐者。他在护林期间发现同姓孙子在幼林放羊，按照公约罚了他一只大绵羊。

一位村党支部书记罚了大队会计2.5元钱，原因是大队会计饲养的毛驴啃了树。

一位村党支部书记发现谁家有带根的柴草、树木，就告诫："不能这样连根拔、乱砍伐！"

一位姓付的护林员抓到兄弟媳妇儿在幼林放羊，也毫不留情地给予她处罚。

护树的例子数不胜数，护林员中的"无名英雄"数不胜数。后来，这些优秀护林员都受到表扬和奖励。渐渐地，群众的觉悟高了，人人都成了护林员，都告诉家里的孩子要护树、爱树。

历经几十年的植树种草、生态建设，敖汉旗诞生了"树文化"。古鲁板蒿中学坚持"树人树木"并举，创造了恢复高考后的教育辉煌。当时这个偏僻落后的名不见经传的乡级中学，在恢复高考后7年间竟向大中专院校输送了400余名学生！他们当中有的毕业返回家乡，为家乡经济发展和社会进步作出了贡献，更多的是学成之后服从组织分配奔赴祖国的四面八方建功立业，还有的漂洋过海到国外去发展。树人与树木结合，植绿与护绿同行，让昔日贫穷落后的古鲁板蒿地区成为远近闻名的绿洲、塞外小江南，有人赞誉她"物华天宝、人杰地灵"。

创业不易，守成更需努力。大黑山林场林地特别分散，分布在金厂沟梁、贝子府、兴隆洼、丰收、新惠等乡镇，总面积18万多亩。林场大多在山坡上，80%以上靠人徒步行走完成监察任务，但林场28年间从未出现过一起火警事件。为确保一方林海平安，以林树春为代表的大黑山林场职工作出了巨大的贡献，大黑山林场也被评为集体护林先进集体。他们是令人尊敬的森林卫士，是可敬的绿色家园守护者！

绿地群骥

正是因为有一批又一批的守绿护绿者和一个又一个先进集体，敖汉旗生态文明建设成果才得到了有效保护，生态文明建设才得以稳步发展。

第二篇
绿色的辉煌

著名作家金河先生说:"在敖汉旗,要论20世纪留给21世纪最珍贵的礼物,我看就是家乡人生态意识的觉醒和生态环境的巨大改善了。"

"敖汉绿"来之不易,是在几十年奋斗历程中成就的。在这一历史进程中,敖汉旗生态文明建设传统体现了一个治理理念和一种精神,做到了九个坚持。这个治理理念就是"生态优先,绿色发展"。生态是立旗之本、发展之基,绿起来才能富起来。这个精神就是"以人为本,持之以恒""自力更生,艰苦奋斗""不干不行,干就干好"。九个坚持就是:坚持换届不换蓝图,换人不换目标,一任接着一任干,一以贯之,锲而不舍,苦苦追求,毫不松懈;坚持落实"自愿承包,谁种谁有"等国家政策,倾听群众呼声,与时俱进,适时出台新政策;坚持连片治理、规模治理,尽快形成规模效益;坚持每年集中人力物力财力搞好几个苏木(乡镇),打歼灭战,联片推进(这体现了我国社会主义制度集中力量办大事的政治优势);坚持联村大会战的方法,动员社会多方面的力量,千军万马齐上阵,讲科学用科学不蛮干;坚持运用典型带动的经验,如推介宣传六道岭精神,用榜样的力量推动工作;坚持增加科技含量,大搞造林绿化、防沙治沙,比如大力推广抗旱造林系列实用技术;坚持加大力度推进小流域经济沟治理,在经济林上搞大面积突破,大幅度提高经济效益;坚持草、灌、乔结合,飞(播)、封、造结合,造、管、用结合;坚持对山岭沟壑、大面积沙化土地进行综合治理与致富翻番达小康紧密结合，迅速绿起来，绿起来以后，大力发展农牧业，进而推进一二三产业。这是敖汉旗在沙漠化治理、生态文明建设方面总结的方案，也是可以向世界介绍和推广的中国方案。

敖汉旗的生态文明建设在赤峰市乃至全国产生了强烈反响，发挥了典型的示范推动作用。之后，敖汉旗再接再厉，再创辉煌。2002年，敖汉旗荣获联合国环境规划署颁发的"全球500佳"环境奖，荣获"全国人工造林第一县"称号。

一、水系上的绿色画卷

河流是文明的摇篮。从老哈河水系、孟克河水系、叫来河水系、小凌河水系和牤牛河水系的生态建设成果，读者可以较清晰地了解敖汉旗生态建设成绩。20世纪八九十年代是敖汉人生态意识觉醒和生态建设取得巨大成就的一个历史阶段，所以本节所选案例都以这个时段的为主。

（一）老哈河水系

有一位诗人曾这样描绘老哈河："从祖母的豁牙口中/滚落下来/一匹俊秀的蒙古马。"老哈河，在历史的风风雨雨中演绎了许许多多绚烂多彩、耐人寻味的故事，现在，让我们看一看"敖汉绿"中她多姿多彩的容颜。

红紫芳菲入眼来

古鲁板蒿镇（以下简称"古鲁板蒿"）是敖汉旗西北部的一个镇，过去跟其他乡镇没什么两样，风沙干旱，百姓苦不堪言。20世纪七八十年代，古鲁板蒿人从治理风沙入手，着力改变贫困面貌。不必谈这里的领导如何运筹帷幄，也不必说这里的老百姓在治沙会战中如何艰苦奋斗，只说经过十多年的艰苦奋战，他们最终胜利了！他们把治沙绿化叫作"第一次革命"，把发展敖汉细毛羊舍饲叫作"第二次革命"（即"白色革命"）。

老哈河九曲

他们的追求发人深省,他们的追求激励着人们再上新台阶,再创新局面。

"白色革命"就是发展绵羊舍饲。1994年,古鲁板蒿共有36万亩牧场,其中林地13万亩,草地7.5万亩,耕地近6万亩,饲草量较之前增加了很多。解决好牧场减少和饲草增加的关系才能富得快,所以古鲁板蒿人对传统的放牧经营方式进行了改革,即绵羊舍饲。这种饲养方式经过了试验、推广、巩固发展的三个阶段,最终走上了充满生机活力的阶段性舍饲之路,实现了养羊方式的变革。

饲养方式的变革解决了传统畜牧业面临的许多难题。

其一,资源得到了合理利用,提高了饲草的利用率,增加了绵羊的饲养量,遏制了天然草场严重退化的趋势。古鲁板蒿增加人工种草面积,大力回收农作物秸秆。过去,大部分秸秆当烧柴烧掉,饲草利用率仅20%,绵羊舍饲推广之后,饲草利用率达到60%,提高了40个百分点。这种做法,一方面使资源得到了利用,另一方面使天然草场得到了休养生息,更重要的一点是获得了较大的经济效益。以前,饲草的数量基本满足本地养羊业的需要，没有富余。绵羊舍饲推广后，尚有剩余饲草可作为商品草出售，亦可增加绵羊饲养量。古鲁板蒿仅从饲草利用率的提高、扩大绵羊饲养量上就可获得较好的经济效益。其二，舍饲方式使养羊业走出"秋肥、冬瘦、春死"的恶性循环，使绵羊常年保膘，可以四季出栏。冬春是养羊业环境条件最为恶劣的季节，且不说"黑灾""白灾"，低温即可夺走羊摄入的部分能量，寒冷更会降低仔畜成活率。而实行绵羊舍饲后，养羊业走出了"秋肥、冬瘦、春死"的恶性循环。实践证明，绵羊舍饲、塑棚养羊，使仔畜成活率提高了4个百分点。

绵羊舍饲的养殖方式实现了生态效益、经济效益和社会效益的统一。绵羊舍饲使天然草场安全度过了禁牧期，使草场得到了休养生息的机会。舍饲阶段结束时，草场植被覆盖率可达68%。舍饲阶段还可以节省部分人工费，如牧工费。另外，舍饲阶段正处于春季造林时期，有效避免了幼林受羊害的情况，解决了造林容易护林难这一现实难题。同时，绵羊数量实现稳步增长后，积肥数量也相应增加，其经济效益不言而喻。

1993年，古鲁板蒿养羊30只以上的农牧结合户达120多户，50只以上的大户有31户；绵羊出栏5203只，出栏率48.4%，卖出4226只，商品率达39%。后来，有相当一部分绵羊舍饲户向深层次发展，开展集约化经营，取得了较好的经济效益。如1994年，10个示范户从4月龄的公羔开始育肥，4个月后这些公羔就达到了50千克，每只育肥羔羊纯收入200元。

绵羊舍饲的养殖方式提高了经济效益。绵羊舍饲变秋季出栏为常年出栏，提高了市场竞争力。古鲁板蒿有一家人承包了70亩人工草场，饲养了74只优质敖汉细毛羊，建了一处80平方米的标准塑料暖棚和两座永久性青贮窖，每年贮青草4万千克。1993年，四季出栏羊25只，收入5000元；产羊毛350千克，收入3000元。去掉饲料、饲草、牧工费等开支，纯收入达到5400元，人均仅养羊收入近800元。

古鲁板蒿在实施绵羊舍饲养殖过程中推广的两项基本适用技术特别值得借鉴。首先是塑棚养羊。塑棚都是按养羊30～50只设计建造的。其次是舍饲模式化饲养技术。该技术是根据绵羊营养需要，以本地实际为基础，即以草粉、干草（包括农林副产物）、青贮饲料为粗饲料，以玉米为精饲料设计的科学合理的饲养管理模式。

饲养技术的关键是饲草加工和青贮。饲草加工可以提高饲草利用率，育肥饲料多汁、适口性好，则消化率高，蛋白质含量高，有利于绵羊生长发育。

走在古鲁板蒿的大地上，红红紫紫的苜蓿草地争芳斗艳，绿绿的林草与白白的细毛羊如珍珠泻玉流光。绿了以后干什么？古鲁板蒿交了一份珍贵的答卷！

风行故乡

人到中年，总有故乡的风吹来。如果说"爱并痛着"是一种常态，那么有时是隐痛，是欣喜，是怅然，是眷恋。2017年9月初，"故乡的风"是一次温馨而丰厚的行走。这源于古鲁板蒿组织的"古乡新韵，美丽家乡"文化建设系列活动，有40余名文化学者、作家和书法家、摄影家应邀参加。

昨日丑小鸭，今朝白天鹅。孤山子村位于古鲁板蒿南端。20世纪70年

夕阳牧歌

代，孤山子村是吃"返销粮"的穷村，村里的绝大部分人家住的是土墙泥顶的车辘辘圆房子。如今，孤山子村的路是平坦的水泥路和柏油路，路旁的庄稼多是穗头很长的谷子，那丰收的景象，那整齐又整洁的街道，那排排红瓦房，令人欣喜，令人惊诧。包村干部说：在脱贫攻坚过程中，这个村的6个最贫困自然村近140户390口人被列入了搬迁计划，现在房子就要竣工了。在和一位80多岁的老人交流时，他古铜色脸庞上洋溢着的幸福感染着周围的来访者："感谢共产党，感谢政府！我没想到能住上这样的房子，真是越老越享福了！"

风景黄羊洼，独好敖包山。从古鲁板蒿南部来到东部，就来到了山嘴村东的敖包山，它同黄羊洼一样驰名。站在山顶，阳光朗照，微风扑面，神清气爽。

敖包山是黄羊洼的最高点，西面是明亮如飘带的老哈河，东面是一望无际的草牧场和防护林，还连接着赫赫有名的响水，南面是莲花山，北面是丰饶美丽的红山水库。黄羊洼因黄羊成群结队生长在此处而得名。这里流传着"小姑娘和小黄羊"的故事。有一年冬天，小姑娘在路旁救起一只冻僵的小黄羊。小黄羊恢复健康后重新回到了黄羊洼的草丛深处。一天，小姑娘迷了路，一只小黄羊出现在她的面前，她认出这是那只她救过的小黄羊，因为它的头上有清晰的羊草标志。小黄羊把小姑娘领到了家门口，叫了两声又走了。小姑娘和小黄羊的关系如此自然、和谐，让人感叹不已。后来，由于过度开垦等原因，黄羊洼的生态遭到破坏，沙尘封路吞庄。但从20世纪70年代起，经过30多年的植树种草、艰苦奋斗，这里已经建成总长726千米的防风护沙林带，建成500米×500米的网格877个，保护着黄羊洼两镇一乡一场的45万亩土地。如今的黄羊洼山青水绿，所有观赏者无不竖起大拇指啧啧称赞。如今，这里正大力发展的文冠果产业是敖汉旗规划的四个亿元产业项目之一。未来的黄羊洼不但要绿起来，也要富起来。

沙地绿网

　　平坦柏油路，赴宴穿拖鞋。现在，敖包山是敖汉旗重点打造的旅游景点之一。围墙内生长着这里特有的白草，高可齐肩，浓密茂盛。那青色泛绿的草茎上摇摆着长长的白色叶片，阳光和着微风隐身其间，忽明忽暗，是大草原上一道亮丽的风景。芳草倩影令人赞叹不已，而山下一则关于于振清的故事也经常被人提起。这个人的故事与敖包山西边3千米左右一个叫白音海的村庄有关。"白音海"，意为"富庶之地"。2015年以前，连接白音海和敖包山的是凹凸不平的砂石路。2015年夏天，这条路被修成了宽敞、平坦又笔直的柏油路。人们高兴得很，这个叫于振清的村民更是穿着拖鞋就来白音海的亲戚家做客了。3千米多的路穿拖鞋走来，这可是"大姑娘上轿——头一回"。他乐呵呵地说："这路修到了家门口，干啥都方便。穿拖鞋走柏油路，真凉快，舒服极了！"于振清在敖包山下饲养着上百只敖汉细毛羊，它们如云朵一样慢悠悠地游走在绿草地上，肉质一流，吃上一口就想第二口，吃了一顿还想第二顿！他发着"羊"财、走着柏油路，日子过得是芝麻开花——节节高。

教育名万里，树林传儒教。古鲁板蒿镇政府办公楼南面是古鲁板蒿中学，在20世纪80年代是赤峰市（当时叫昭乌达盟）中学的一面旗帜。这所学校赫赫有名，每到中高考成绩张榜时，录取通知书如金色的秋叶一样缤纷而至，师生的笑脸喜气彰显着丰硕的成果！

在中学西边，镇政府因地制宜，在路南的杨树林建了人见人爱的"石书公园"。公园西侧有一翻卷敞开的"石书"建筑，上书宋代大哲学家邵雍《山村咏怀》四句诗："一去二三里，烟村四五家。亭台六七座，八九十枝花。"邵雍是东方的"毕达哥拉斯"，以《皇极经世》之易经数术雄视古今中外。而将此诗以石书形式立于此，可谓隽永深长，为古鲁板蒿文化教育树立了新的坐标。由此东行，林间小径弯曲通幽，杨树高耸排列疏朗，花朵姹紫嫣红，怡然悠悠若梦中之仙。走到公园的东端，又有一处雕塑矗立于花坛前，上书醒目红色的"修身齐家治国平天下"之儒家经教。这座公园由"一"起而止于"内圣外王"，对人有潜移默化之深教，足见设计者的匠心独运，可亲可敬，可羡可赞！

李儒防护林

双井乡（现已撤销，并入黄羊洼镇，以下简称"双井"）在20世纪80年代荣获"全国造林百佳乡"称号。这里是造林英雄李儒曾经奋斗过的地方。历史上的双井是极其贫困的，敖汉旗广泛流传的"两双加一牛，谁见谁犯愁"中的"一双"就是双井。那时的双井沙化严重、土地贫瘠，被老百姓称为"种一坡、拉一车，打一簸箕、煮一锅"。但是，"绿色"给这片土地带来了翻天覆地的变化！

走进双井，你会被无边的绿色包围；徜徉在这片土地上，你会时时处处感受到勃勃生机。路的两旁，成排的杨树像是排列整齐的哨兵在列队欢迎你的到来；村头田野，成块成片的杨树林拥翠叠绿，守护着这片家园；耕地和牧场四周，杨树纵横交错、排列井然，守卫着养育家乡父老的厚土。2005年，中央电视台《走三北》节目组专门到双井录制节目，编导孙钰成说："这里简直就是杨树的海洋。"双井曾因森林覆盖率高而荣获全国绿化委员会颁发的"全国造林绿化百佳乡"称号。

　　李儒同志在双井工作时，全国上下正处在"农业学大寨，工业学大庆"时期。当时，旗里多次组织去大寨参观学习，李儒同志曾两次去大寨取经。从大寨回来后，为了加大工作力度，做好群众思想工作，使农业的产量达到要求，搞好农田基本建设，李儒大胆提出在孟克河流经的双井公社与岗岗营子公社（现已撤销）木头营子大队小河西生产队的交界处修一座抬高水位的滚水坝，并配套修建东西灌渠。这项水利工程的名字叫二龙吐须。这项水利工程可控制三义井、小洼、荷也勿苏、六节地几个大队2万亩的耕地。此项工程动工于1976年，竣工于1977年秋。在二龙吐须工程的影响下，还建设了六节地大队3个千亩控灌工程以及荷也勿苏工程。

沙地种草

这项工程所需的人力、物力、资金从哪来？李儒上下奔走，筹措资金。他还积极动员广大群众搞农田基本建设。田有水，才能增产，才能改善生活，所以广大群众都大搞农田基本建设，不再吃救济粮。双井的广大群众为了纪念李儒的这一功绩，便以李儒同志的名字命名大坝，即李儒大坝。

根据双井的地理气候特点，李儒同志建立了林业队，场地在候沁苏木村。林业队育苗200亩，为植树造林提供苗木。1979年春夏，他主抓公社种草工作，在公社所在地十二股子村东西两侧种草1万亩。1980年，旗里在双井公社召开现场会。会上，领导和广大群众称赞了公社的植树种草工作。后来"三北"防护林工程启动时，这里已建成了大面积的林地，群众称之为"李儒防护林"。

李儒种草

绿化书记张国秀

帮差地村（现已撤销，并入双井村）村支书张国秀，50多岁，中等身材，黑脸，眼睛乌黑发亮，好穿一身蓝黑色中山装。说到他，乡干部和村里的群众众口一词："好家伙！特能干！"这个村支书认死理，性情耿直，脾气倔强，群众说他："他认准了的事，八头牦牛也拽不回来。"20世纪50年代初期，为了治理本村的风沙，改善生态环境，他组织本村的村民植树种草，一干就是20多年，结出了硕果：沙地变成了绿洲，荒地变成了良田，原来塞北的不毛之地林草成网，良田片片，家家户户养羊养牛，成了远近闻名的专业村。1989年，这个村就有30多个"万元户"。帮差地村被国家绿化委员会授予"全国造林百佳村"的光荣称号，成为塞北的一颗耀眼明珠。

2000年9月末，中央电视台《走三北》摄制组要采访通过植树造林改变生态环境的致富典型，上级一致推荐帮差地村。在去往村支书张国秀家的路上，摄制组的人员被一辆停在草地上的红色夏利车吸引，于是停下车走到车旁一位60多岁的老人那儿打听。这位老人是一位造林模范，自有林地400多亩，每天开着夏利车放他家的30多头牛。他还讲："我不行，村支书贡献大，有种，你们去采访他。"一听到这些，摄制组成员情绪大涨，给老人拍了几个特写后，就抓紧去张国秀家。

车开到张国秀家后，原定的林中草地采访取消了，原因是张国秀家门前有100亩沙果园。此时的沙果挂满枝头，叶绿果红，分外引人注目，于是摄制组就在这个果园里开始了采访。

采访和摄制开始后，张国秀和他的老伴分坐在餐桌的两侧，张国秀神情镇定地对着镜头说："开始吧！"

采访进行得非常顺利，而且张国秀妙语频出，比如："那时候，我们这儿风沙太厉害了，没法过了。咋整啊？我们就跟风沙对着干，得整住它！造林植树、种草，我是借钱贷款买的苗。有人说我是诈尸，但说啥我都不听，认准一条道走到黑！后来，群众看到有实效，都认清了，就跟着我干。

"现在，树绿了，成格成网成片了。沙子少了，风也小了，地也壮了，庄稼收成也提高了。原来是'种一坡拉一车，打一簸箕煮一锅'，现在我们这儿成塞北粮仓了！搞产业化后，羊多了，牛也壮了，家家户户日子步步高了！

"环境变好了，动物也多了，野鸡、鹌鹑成对成帮的。快没日头（太阳）时，在那黑油路上碰到野鸡，俩一对俩一对的，就和电视里谈恋爱的一样对对双双的，看着都眼馋。"

摄制组被他的话逗得哈哈大笑……

采访结束后，张国秀老伴说："他早晨还对着穿衣镜练呢。没白练，说得挺上讲，我老头儿挺有'尿'的！"

张国秀真的"挺上讲，挺有尿"。编导对他说："你是这次村里采访中，到目前为止第一个摄录得一气呵成的。你干得好，说得也好！"

庄园美景黄羊洼

闻名遐迩的黄羊洼生态区在敖汉旗北部牛力皋川的西缘。登临黄羊洼的顶点敖包山，便可俯视、远眺独特的风景。八九月正是景色妙好时，四处眺望，网格式的杨树莽莽苍苍地漫向如玉带一样镶嵌在西边天际的老哈河。当秋天的阳光像金子一样落到山地上时，高粱醉了，谷子、黍子挂金了，更有那花白籽黑的荞麦和着烂漫的野花野草在风的吹拂中忽忽悠悠涌向远方，令人惬意无限。忙碌的声音时起时落，传达着丰收的喜悦。山脚的草场上则是另一番风景：男子汉手持钐镰，一种三米左右的长杆，头上挂着尺八长的镰刀，随着"咔咔"响声割下一排排秋草……

1958年，敖汉种羊场成立，总面积24万亩，以繁育敖汉细毛羊为主，黄羊洼当时隶属敖汉种羊场。历史上由于风沙危害，加之乱放牧，使得草场严重退化，一时间，畜牧业生产停滞不前。这促使人们开始探索提高草场生产能力的有效途径。经过多方考察论证，种羊场终于找到了解决问题的最佳方法——营造牧场防护林。

1989年夏季，种羊场请来了规划队。规划队根据种羊场的自然特点，规划建设带、网、片相结合的草牧场防护林体系。按照这个规划，要在两年内营造草牧场防护林15400亩，建成250个500米×500米的网格。

规划有了，把纸上的东西变成现实，还要做大量的思想工作。搞大面积牧场防护林建设是一项崭新的任务，不可能被所有人理解，得不到理解，就得不到强有力的推动。所以，首要任务是做好大家的思想工作。

做好思想工作了，如何做好建设工作又提上日程。为此，他们制定了一系列有效的保护措施：一是建立健全护林组织和护林制度，普遍实行牧工兼职护林员制度，严格兑现护林奖惩措施；二是实行轮牧制度，使草牧场得以休养生息，创造较好的放牧条件，减少牲畜对树木的毁坏；三是人工设置林障，在造林的同时在牧道建防护墙，在林带的边缘开设防护沟，保护林带。虽然防沙治沙、造林绿化取得了长足进步，但是他们十分清醒，下一步要巩固现有的成果，继续完善提高。

夏季，站在黄羊洼的敖包山上远眺，17万亩的草牧场如织如绣铺向天际，绿树、白羊、鲜花、野草，令人心旷神怡。牧场防护林，一个极富生命力的世界，一个伟大的创举，一个了不起的杰作！

翠色满山川

20世纪90年代初期，央视新闻以"沙黄沙绿话敖汉"为题播报了敖汉旗生态建设情况，这也是敖汉旗生态建设成就第一次上央视，敖汉人兴奋、激动又骄傲！这次报道中，有很多康家营子乡（今康家营子村，下同，以下简称"康家营子"）的镜头。康家营子位于敖汉旗北部，地处老哈河右岸、红山水库下游，是科尔沁沙地与河套冲积平原的过渡地带，属严重风沙危害区。当时康家营子有17000人，50万亩土地，其中风蚀沙化面积占60%，严重沙化面积达15万亩，是敖汉旗防沙治沙工程重点乡之一。

严重的风蚀沙化使康家营子粮食生产陷入低谷，畜牧业年年萎缩，加上搂草柴加快了沙化速度，使当地人的生存受到严重威胁。严酷的现实使乡党委、政府一班人不断反思，并逐步形成了共识：要想彻底改变全乡面貌，必须从植树种草、大搞生态建设开始。他们用"五靠"统一全乡干部群众的思想，即生存靠林业、农业靠林业、牧业靠林业、致富振兴靠林业、腾飞靠科技，把造林绿化、防沙治沙提高到关系人类生存的高度来认识。

这时，张立华与马海超同志来抓绿化点。他们一到康家营子便召开党员大会、三级干部会议，带领大家参观造林治沙致富的典型，大大激发了广大干部群众防沙治沙造林绿化的积极性，连忠民、房连申更是首先奋起响应。这里的群众说："过去是你们要我造林，现在是我要造林。"这一转变非同小可。为保护造林绿化成果，每到造林会战季，乡村两级都成立指挥部，且有乡领导专门负责技术指导、苗木调运、种植质量等关键环节的工作，实行一般干部包村、村干部包组、组干部包地块的岗位责任制，并落实奖惩，把造林绿化的好坏与乡村干部的工资、奖金挂钩，调动了干部的积极性。

为了实施科学治理，他们先后制定了造林治沙开发规划（1991—1994），还颁布了荒沙荒坡造林种草规定，制定竞赛活动办法和护林防火规定。他们总结多年的经验教训，决定每年绿化两个村，四年绿化全乡，集中人力、苗木、经费打歼灭战，整体推进，尽快形成规模效益。他们本着先易后难、先重点后一般的原则，把全乡宜林地逐块列队，统一规划，并制定年度实施计划。

为确保造林质量，提高造林成活率、保存率，他们在敖汉旗林业主管部门和技术人员的大力支持下，强力推广以大犁开沟为主的抗旱造林系列技术，因地制宜制定造林技术要点，并利用广播、电视、培训班等形式宣讲造林技术。科技人员深入造林第一线现场进行指导，并逐户示范，对苗木运输、浸泡以及开沟挖坑、栽植等环节进行重点指导。同时，对不按要求操作者、造林不合格者，除令其返工外，还要进行经济处罚。实践过程中做到统一规划、统一组织、统一时间、统一标准、统一验收，使造林治沙步入讲科学、重质量的轨道。

康家营子在造林治沙工作中,坚持多方集资、全民动员。开展治沙造林,必须坚持自力更生,依靠群众自己的力量。造林成活率的提高,生态环境的改善,经济效益的增加,使群众看到了希望,踊跃向荒沙、荒坡投资。据不完全统计,1991~1994年,全乡造林13万亩,群众投入资金100多万元,投工近3万个。与此同时,在治沙造林大会战中,他们实行全民参与,积极组织妇女、民兵、共青团员营造"三八林""民兵林""青年林"等绿化工程。1993年,全乡广大妇女营造的3800亩"三八林"由于质量好、权属明确,被林业部、全国妇联确定为"'三八'优质绿色工程",受到表彰。1994年营造的"'三八'有权林""计划生育协会林",也取得了良好的社会反响。

老哈河畔碧水田

仅有900人的敖包呆村(今前敖包呆村),仅1991年春季就造林7600亩,人均8.4亩。敖包呆村连续4年大面积造林,人均有林23亩,全部实现了农田、牧场林网化。李家营子村约2000人,1992年造林1万亩,种草1万亩，人工挖水平沟整地5000亩，且当年全部实现农田、牧场林网化。

康家营子4年集中造林绿化、防沙治沙的效果是明显的。

有林面积不断增加。1991年到1994年，康家营子新增有林面积13万亩，使总有林面积达到25万亩，是1984年建乡时的2.5倍；有林地占总土地面积的比重由建乡时（1984年）的20%提高到52%，人均有林15亩，人均占有活立木5立方米。

防护林面积增加。至1994年，康家营子共营造防护林18万亩，占有林面积的72%，其中农田防护林0.6万亩，草牧场防护林2.5万亩，带网片相结合的防护林体系基本建成。

经济林比重增加。为增加林业的经济效益，按生态经济型林业的要求，营造以山杏、大扁杏等果树为主的经济林。到1994年，康家营子经济林已达2.36万亩，占有林面积的8.4%。

人们明显感受到，通过治沙造林种草，风沙危害明显减轻，各种自然灾害的发生频率明显降低。一春播种几次才能抓住青苗成为历史，作物种植由只能种晚田作物向种植高产、优质作物转变。由于一贯坚持以营造防风固沙林为主的战略，到1994年，康家营子共营造各类防护林18万亩，使流动沙地由原来的5万亩减少到1万亩，为农牧业发展创造了良好的生态环境。通过治沙造林，实现了涵养水源、保持水土、防风固沙、调节气候、减轻灾害的目标。

1997年以后，康家营子又做了五项工作：一是加强对造林治沙工作的领导，进一步提高对"生存靠林业"的认识；二是制定了完整的"绿化规划"，完成近万亩的流沙治理，使全乡"绿起来、富起来"；三是积极创造条件，完善绿化指标体系，参加"争创千佳村、百佳乡造林绿化竞赛活动"，努力使康家营子在较短时间内进入全国百佳乡行列；四是搞好残次林更新改造及农田林带的更新补造，把经济效益低的沙蒿、柠条等固沙灌木换成樟子松、杨树等，提高经济效益；五是进一步调整树种结构，扩大经济林栽植面积，提高其比重，增加群众收入。

柳编就是一个实证。说到利用当地绿色资源致富，就离不开康家营子妇女主任卢子萍，当地人称她是"用红柳致富的半边天"。人们都说她思想解放，开拓意识强，热心服务群众，贫困妇女真诚地说她是自己的"娘家人"。在带领妇女群众发家致富的道路上，卢子萍非常善于动脑筋想办法。经过多次外出考察及深入调查，她看准了本地红柳资源，并选择了"柳编"这一致富门路。她先去河北学习技术，回来后开始艰苦创业。首先，她向大家传授技术。没有厂房，她就把原料分给妇女们，让她们带回家，以质论价。几年下来，柳编厂红红火火，产品远销山东、河北等地，收益很好。

这正是：翠色满山川，"柳编"绽放致富花。

山坡沟壑着新装

乌兰巴苏景如画

乌兰巴苏村（以下简称"乌兰巴苏"）的生态建设在敖汉旗鼎鼎有名！

乌兰巴苏，汉译"红柳"。几百年前，这里"沙柳浩瀚，柠条遍野"。进入20世纪后，这里成为风沙蔽日、黄沙满野的荒凉之地，一直到1966年都没有得到有效的治理。1966~1976年，乌兰巴苏集中治沙十年。1993年，全国防沙治沙会议将这里列为参观点，令乌兰巴苏闻名全国。1994年8月，赤峰市防沙治沙造林绿化表彰大会在敖汉旗召开。与会代表来到乌兰巴苏，只见这里昔日兴风作浪的沙魔被绿色结结实实地困在地下，14000亩林木更如一片绿色的海洋。3000亩樟子松在这里安家落户，为敖汉旗选用优良树种创造了成功经验。至1994年，这里已建成林带22条，耕地全部实现了林网化，林业产值达到20万元，牧业产值达到24万元，人均收入达到920元。在山顶上，人们见到了本次会议上受到重奖的村原党支部书记张富。这位已经67岁的老党员说："过去我当支书时，就觉得这地方根本的出路就是要治沙子，不解决这个问题，种粮食养牲畜都不行。干出点成绩，有的领导要提拔我到乡里去当官，我坚持没去。我当时就琢磨着沙子治不住我哪也不去。治沙本来是我们应该干的，但政府还给予我们重奖，这是对我们的极大鼓励。我想，今后只要我还有一口气，就要坚持为造林绿化作贡献。"

这一切都表明，乌兰巴苏人防沙治沙取得了成功！是啊，乌兰巴苏人在脚下的黄沙上建设了宏大的绿色工程，压住了沙龙，缚住了风魔，沙绿了，环境美了，人也富了！

长在沙地上的绿叶格外好看，开在沙地上的花朵分外美丽。

望着眼前的美景，恐怕谁都想了解一下它的过去，也可能更想知道这里的人们付出了多少辛劳才改变了原来的面貌。

乌兰巴苏的过去是什么样子呢？

一夜风沙刮过之后，各家各户门前堆起一米多高的沙土。顺门出不去，人只能从窗户上爬出来，清理完门前的积沙再打开房门。1965年，风沙埋没了两个生产队，侵吞了100亩良田。春天来了，人们满怀热情播下了一年的希望。一场风沙过后，种子不知飞到哪里去了，人们只得重新播种。就这样刮了播，播了刮，反反复复，每年总得播种三四次，才有可能抓住青苗。

那时，高达十几米的流动沙丘每年向前移动11米，半流动沙丘每年向前移动7米。1966年，全村耕地平均单产仅为128斤，人均收入40余元，每年有半年处于缺粮状态。1966年秋，大队党支部书记张富带领乌兰巴苏男女老少干劲儿十足地开进了茫茫无际的沙漠，挥起了综合治理沙地的第一锹。

没有冲天的豪言壮语，没有优厚的奖金报酬，有的只是憋足的干劲儿。渴了，喝一口沙地现成的凉水；饿了，啃几口怀揣的玉米饼子；累了，躺在沙地上小憩片刻。经过几十天的奋战，乌兰巴苏人最终在那荒无人烟的地方竖起了一道道防风沙障。1967年春，乌兰巴苏人又来到竖起防风沙障的地方。这次，他们带来了沙蒿、柠条等灌木种子，他们要把这些治理沙地的先锋树种播进这块希望的土地。他们细心地播种，精心地碾压，播下心中的绿色，压住肆虐已久的沙龙。就这样日复一日，年复一年，他们秋季埋设防风沙障，春季种树种草。失败了，他们从痛苦中昂起倔强的头颅，继续干下去；成功了，他们带着一丝喜悦，继续干下去。

长期大面积的治沙需要很多苗木，但他们实在困难，买不起，就自己培育。于是，他们把全村最好的40亩土地改为育苗地，培育治沙所用的苗木。值得一提的是，这块育苗地不仅满足了乌兰巴苏的治沙用苗需求，还供应其他地区。

多年治沙，乌兰巴苏人有喜又有忧。喜的是过去肆虐的沙地已得到基本治理，忧的是沙地里部分树木成了"小老树"，虽然说仍然可以固沙，但经济价值实在太低了。怎么办呢？1975年，他们请来了辽宁省章古台治沙研究所工程技术人员帮他们在沙地里试栽樟子松。在工程技术人员的精心指导下，他们细心栽植，精心管护，终于让樟子松在沙地里安家落户了。他们看着那茁壮成长的小松树，喜不自胜。从此，他们开始在沙地里大面积种植樟子松。1990~1993年，一共种植3000亩。1975年栽的樟子松，到1993年时已高7米，胸径达10厘米。

乌兰巴苏治沙取得了决定性的胜利，以下数据就是佐证：

造林18000亩，其中栽植樟子松3000亩，林业年产值达20万元，拥有固定苗圃40亩、果园62亩；飞播草地6780亩，年产优质牧草500万千克，牧业产值达到324万元，有大小牲畜3600头（只）；

1992年，粮食总产145万千克，单产400千克，总收入90万元；

1992年，人均收入780元，人均粮食650余千克，实现了温饱；

1992年，用沙地资源柳条编织笆、筐、篓，创收近8万元；

1992年以后，每年营造300亩杨树用材林，到2000年，村里不再向群众收取一分钱；

1997年，全村人民生活实现小康；

1998年，完成最后5000亩流动、半流动沙地的治理任务；

2000年，完成沙地里"小老树"更新任务，大搞经济林与樟子松林，向沙地要效益，还充分利用好沙地资源柳条，建成本村支柱产业。

乌兰巴苏取得了成功，实现了防沙治沙造林绿化的新辉煌！

黄沙滩变成绿色锦

农事耕作收获，是一件幸事。但在1976年，敖润苏莫苏木一个村庄的村民不但不能收割庄稼，反而因风沙灾害而被迫离开家园。敖汉旗乌兰牧骑的话剧《大漠绿魂》艺术地再现了这一幕。

敖润苏莫苏木是敖汉旗唯一的牧区，在与沙的长期较量中，敖润苏莫苏木人在漫漫沙海中勾画出一幅令人赏心悦目的图景。

联合国环境规划署曾报道：沙漠化居当今世界十大环境问题之首，全球9亿人受沙漠化影响，有百余国家和地区受沙漠化危害，全球每年因沙漠化造成的损失高达423亿美元。报道还说，从人造卫星上看地球，肉眼能看到的唯一建筑物便是万里长城。在我们引以自豪和骄傲的同时，在

"三北"地区,长长的一段战国长城几乎被风沙掩埋掉,勉强露出的一点点城墙痕迹似乎在努力地向人们揭示着风沙行进的轨迹以及沙漠化带来的灾难。

敖汉旗敖润苏莫苏木地处科尔沁沙地南缘,总面积62万多亩,其中流动、半流动沙丘就有40多万亩,占总面积的64.5%。过去,这里是一片不平静的沙海。每到刮风时节,滚滚黄沙掀起波浪,刮得人们睁不开眼,刮得畜群落荒而逃。桀骜不驯的风沙逼近了村庄,有些牧民甚至失去安身立业之地,最后搬走。1976年,光荷也勿苏一个嘎查,一次就搬走了42户人家。1987年底,全苏木人均收入仅164元。风沙就像一条绳索,紧紧勒在牧民的脖子上。虽说是牧区,但有156户牧民人均不到一头畜,还有相当多的无畜户。

1987年8月,敖汉旗组成扶贫开发指导小组,实施重点扶贫开发。1988年春,一场人与自然之战拉开了序幕,干部群众一起开始了改造自然、重新建设家园的战斗。这次行动的方针是:以恢复植被、围沙防风为重点,实行植树造林、飞播牧草双管齐下。本着因地制宜、因害设防的原则,实施以生物措施为主,工程措施和生物措施相结合的举措,开展系统化建设,敖润苏莫苏木制定了三年绿化荒沙的规划,确定了造、封、飞并

牧歌悠悠

举,草、灌、乔相结合的治理办法和防风固沙林体系、灌木饲料林基地建设齐头并进的方略。全苏木牧民在旗、乡、村三级干部的率领下,男女老幼齐动员,在当年春季就开始了植树种草、治理沙害的大会战。为了改变家乡面貌,让绿色铺满全苏木大地,全苏木人劲往一处使,拧成一股绳,战风沙、栽绿柳、播草籽。为了加快植树种草速度,提高治理效果,无论离家远近,敖润苏莫苏木人每天都带上干粮和水奋战在工地上。饿了,吃上几口干粮;渴了,喝上几口水;累了,躺在沙丘的坡面上休息一会儿。

  1988年突击,1989年续建,1990年巩固、完善和提高,就这样连续奋战了三年。第一抓植树:一是栽植乔木,二是插植灌木。乔木林以农田、牧场防护林及家庭小草库伦防护林和村头绿化为重点,灌木林以人工种植山竹子、黄柳、柠条为主,栽种防风固沙带。三年间,共造乔木林29668亩、灌木林117491亩,总面积达147159亩,成活率在85%以上,经济效益达57万元,年人均受益111元。第二抓种草。坚持飞播牧草和人工种草相结合,来阻挡流动和半流动沙丘。三年间,飞播牧草233500亩,人工种草82000亩,种草总面积达315500亩。除1989年严重干旱使飞播受到影响外,其余年份效果比较好,成活率在90%以上。大片的牧草建设不但起到防风固沙的作用,而且经济效益非常好。第三抓小草库伦。一般先打井,

敖润苏莫沙地治理工程

然后建设草库伦。家庭小草库伦井的建设成为致富一方的投资小、见效快、经济效益高、覆盖面广的项目。家庭小草库伦最适合建在房前屋后那些水浅的地方，敖润苏莫苏木大部分牧民的居住地具备这种条件。经过实地考察、调查论证，敖汉旗决定在荷也勿苏这个全旗最穷的嘎查率先实施。

荷也勿苏嘎查有5个独贵龙，216户，1257人。小草库伦井不但适用范围广，而且不用电，投资少，见效快，使用方便，省工省时。小草库伦井用165型柴油机带动，易操作，好管理，灵活性强，可以随时搬动。一台机泵可带一两眼井。从1989年开始，荷也勿苏嘎查全力建设小草库伦井，只几年工夫，荷也勿苏嘎查就打了239眼小草库伦井。1992年，每眼井实现效益1320元，一年创收28万元，荷也勿苏嘎查人均增收226元。

一个只有5000人的纯牧区，5年造林种草高达45万亩（其中造林14.7万亩），如果没有非常强的战斗力，没有十分强烈的改变面貌的渴望，是无论如何也搞不出来的！到1993年，该苏木大小牲畜已发展到近3.6万头（只），人均持粮500千克，人均收入近700元。这里的牧民高兴地说："再有几年我们就富起来了！没想到这茫茫的大沙坨子，如今一个个绿起来了。绿了，干什么都顺了！"

<h3 style="text-align:center">实干出实彩</h3>

四德堂乡（现已撤销，并入四道湾子镇，以下简称"四德堂"）位于红山水库上游，1989年被列为红山水库上游重点治理乡。抓住这个机遇，四德堂踏踏实实、卓有成效地开展了以小流域综合治理、生态经济沟建设为中心的农田水利基本建设。四德堂的盖子山生态经济沟被赤峰市有关部门誉为"盖子山模式"在全市推广，他们的黄毛掌、万泉沟小流域治理工程也闻名全市，多次受到专家的好评。

1989～1993年，四德堂共营造水土保持林11万亩，平均每年2.2万亩，森林覆盖率达到44%。5年来，人工种草10.4万亩，修筑水平梯田3.91万亩，建设生态经济沟25条、面积3万亩。1994年，四德堂生态经济沟亩产效益达到18.4元。

四德堂治理规模大，速度快。5年来，共完成小流域治理18万亩，平均每年约3.6万亩。四德堂已形成了一个山连山、岭连岭、工程连工程、流域连流域的综合开发体系。其中曲家沟流域与炮手沟流域、沙子沟流域与张希孟沟流域相连，石匠沟流域与万泉沟流域、白银沟流域相连，作业路纵横交错，四通八达。

四德堂始终坚持高标准多样化整地。工程建设因地制宜，各种工程类型鳞次栉比，计14种之多。1993年夏季，四德堂一次修出2100亩土地，虽然用工量大，但群众都接受，原因是高标准工程容易带来高收益。为了保证工程质量，四德堂统一了各类各项工程技术标准，并统一培训技术干部，同时要求乡村干部先学会施工技术再组织施工。在施工中，四德堂坚持二十年一遇的标准，坚持等高线施工，水平作业；坚持熟土回填；坚持治满治严，各会战工地一律用仪器测量，杜绝了"用眼睛瞪"的传统方法；还统一制定验收办法，按规划设计、工程类型、整齐度、满严度、工程路配置、个体沟合格率、完成任务情况等进行严格验收，奖优罚劣。

1994年，黑山后村镜子山的生态经济沟整地经历了几次暴雨仍无一处损坏，足以见得工程质量之好。

山体上部一般为水平沟，营造油松、沙棘、柠条林。中部为牧场水平沟或反坡式水平沟，以山杏经济林为主，混交油松。下部为条田、水平梯田，在水源条件较好的一些地方，春季栽果树，如小苹果、李子、大扁杏等；在沟道内，除了谷坊（沟谷里建的横坝）外尚有台田工程，并用沙棘、紫穗槐等护坡；沟底种杨树。工程作业配有路边林，草、灌、乔结合。这样，从山顶到山下，从坡面到沟底，做到工程措施与生物措施有机结合，初步形成一个符合当地实际的山区建设模式，取得了比较好的生态、社会和经济效益。

"先抓出个样板给大家看，不然就是磨破嘴皮也难办。"四德堂抓的样板之一就是盖子山。盖子山生态经济沟位于瓦房村，地处黄土丘陵区，总面积3009亩，其中石质半石质山面积595亩。1991年以前，这里全部为荒山荒沟，植被稀疏，水土流失严重，多年来一直做牧场用，利用率很低。为了根治水土流失，充分利用这里的水土资源，瓦房村于1991年夏开始治理。经过全村40多天的会战，一举完成2900亩治理任务，1994年又将其余部分治理完毕。

在治理过程中，按照"工程多样化生物灵活性"的治理思想，自分水岭到沟底分别建了水平沟、牧场水平沟、反坡梯田、沟头防护、谷坊、台田等工程。各类工程全部按二十年一遇标准设计，并达到治严治满的要求。在林种配置上自上而下分别为：分水岭防护林、坡面用材林、经济林、坡底防护林。因选择了优良苗木，加之科学植树、认真管护，树木成活率达95%以上。

1993年，在整地的同时，四德堂于7月20日前试验性边整地边种草200亩。1994年春，小草全部返青，长势良好。实践证明，本地区7月20日前边整地边种草的做法是可行的。

开展生态经济沟建设以来，盖子山增修台田2万平方米，并在林间、台田上种植多种经济作物，取得了很好的经济效益。

一传十，十传百，人们都来看盖子山。人们都说："靠山吃山，得看盖子山"，"看了盖子山，心才放宽"。

四德堂，实干出实彩！

（二）孟克河水系

连长山上丰碑翠

连长山中的"连长"是吕振生同志，已故去很长时间了，但吕连长的故事被广为传扬。

吕振生是一位参加过抗美援朝战争的老兵。他1946年参加革命，后因病复员转业，返乡后不久担任民兵连连长。从1955年到他辞世的1977年，这22个年头，他带领广大民兵一直活跃在周围的山岭之中，治山治沟不间断，植树种草不间断，年复一年、日复一日，让一座座秃山由黄变绿，让一条条沟壑草木葱茏。人们看到这番景象，无不称赞吕振生。他保持着部队作风，不怕艰，不怕险，不达目的不收兵。他的革命精神永远值得学习。

1958年，退伍还乡的吕振生被推选为扎赉营子村民兵连连长，也是首任连长。刚一上任，他就在党支部的支持下，带领民兵植树造林，绿化荒山。他认为："山都光秃秃的，无论如何也致不了富。"他还说："咱们民兵，得组织起来干点大事。依我看，这桩大事就是绿化荒山秃岭。"

他带领民兵一干就是好几年，栽下了好几千亩的白杨、油松，可是由于干旱缺雨、土地瘠薄，成活甚少！这可咋办？最后，他找到了出路：先治理，后栽树。

1977年春，正当他组织广大民兵第二次治理荒山时，病魔向他逼近了。对于病魔，他非常清楚，但为了能让家乡早日绿化、早日致富，他咬紧牙关顶了下来。蓝图绘就了，措施定好了，战斗也打响了，吕振生却倒下了。

乡亲们在想："吕振生真是个好人哪，再活几年，多好啊。"

民兵们也在想，老连长立志要搞的事业就此画上句号了吗？不，坚决

054 | 祖国北疆的"敖汉绿"

孟克河清韵

接着干！老连长体弱多病，可为了乡亲们，把个人的痛苦甚至生死都置之度外，我们这些身强力壮的汉子，能让老连长未竟的事业就这样结束吗？大家的眼睛湿润了，模糊了，却也凝聚起磅礴的力量！不到两天的时间，一支300多人的民兵突击队开赴治理荒山的第一线。后来，扎赛营子村又有15名女民兵组成了造林专业队。他们继承老连长遗志，顽强地战斗在荒山上。

一连几年，这两支民兵队伍干得热火朝天。他们起早贪黑，一锹又一锹，一镐又一镐，移土填沟，开挖水平沟和鱼鳞坑近千亩，栽植了黑松和沙棘。就这样，2400多亩的荒山秃岭全部披上了新绿，每当微风吹来，远望碧波浩荡，近看郁郁葱葱。

乡亲们为了纪念他，把他埋葬在他生前治理过的山头上，为他修了墓、刻了碑，并向敖汉旗政府请示把该山命名为连长山！

走过一段幽静的林间小路，拨开松枝，老连长的坟茔出现在我们面前。山上，老连长亲手栽植的油松，枝叶舒展、生机盎然；墓前，那棵柳树朴实无华，却妩媚动人。诗人龚自珍有诗曰："落红不是无情物，化作春泥更护花。"老连长虽然走了，但他为植树造林而战斗到最后一息的精神永存。现在他立在高山之巅教育后人，去耕耘，去收获！

站在山顶，满目郁郁葱葱，连长山上丰碑翠！

"绿叶红花"富了农乡

玛尼罕乡位于敖汉旗中北部，属浅山丘陵区，总面积68万亩，其中耕地面积13万亩，有林面积31.8万亩，人工种草保存面积4万亩，林草覆盖率达52.6%。1980年前，玛尼罕乡还是个"山多草木稀，地多产量低，风大沙子厚，沟多没有水"的穷地方。

为了改变基本生产条件，从1983年到1986年，玛尼罕乡连续搞了四年造林治沙大会战，以每年造林3万亩的速度造林12万亩，同时还种下3万亩优质牧草。林草面积的增加，达到了防沙治沙、调节气候的目的，生态效益日渐显现。

但因树种不合适，导致"小老杨""小老榆"满山遍野，只能将其开发为薪柴挽回一些经济损失。针对这个问题，乡党委、乡政府认为，十年防沙造林，功劳是第一位的，有了树和草，风沙便不能横行了，但还应作出调整。为此他们决定对全乡土地进行重新规划，同时提出了3年造林8万亩的奋斗目标。他们的计划很快就得到了旗委、旗政府的支持。

他们的计划富有新意，新意之一就在于集中连片治理，治满治严；其二是田、山、沟的综合治理，即把数十个几千亩的小流域全部囊括进来；其三是坚持适地适树原则，注重生态效益与经济效益的统一。仅1993、1994两年，玛尼罕乡就造林6.5万亩，人工模拟飞播种树治沙6500亩，并为1995年春季造林人工整地1.5万亩。

玛尼罕乡"三年战役"打得漂亮，突出特点是科技含量高、示范性强，已验收的工程差不多都成了样板工程。

玛尼罕乡总结的科学整地的做法具有重要价值。他们严格执行不整地不造林的规定，且整地不拘一个模式，如该平地的地段必须平地，缓坡则以机械开水平沟，沟谷则挖水平沟，等等。三年间，人工整地4.5万亩，机械开沟3.5万亩，动土方高达205万立方米，为高标准科学造林奠定了基础。

玛尼罕乡特别坚持适地适树原则，改变过去那种要么种河南榆，要么种杨树，要么有啥树苗就栽什么树的传统做法，而是宜油松则油松、宜两杏则两杏，还采取沙地樟子松、柠条、沙棘、沙打旺、速生杨等草、灌、乔结合的栽种方式，达到近期效益和长远效益兼顾的目标。这样既可以保证生态效益，又能实现可观的经济效益。

玛尼罕乡坚持治山与治田相结合的原则，在完成农田草场林网化的同时，以每年5000亩的速度修筑水平梯田。到1994年，全乡修筑水平梯田4万亩，两杂作物面积也由20世纪80年代的6000亩提高到4万亩，大幅度提高了农作物的单位面积产量。

玛尼罕乡还采取工程措施与生物措施相结合的措施，合理利用行间地。如在造林地间种粮草，使得洪水不下山、肥水不出川，也使土地资源

锦绣川岗

得到充分利用,实现了粮多、草多、秸秆多的目标,更是促进了畜牧业的发展,先后涌现了五十家子、梅林营子等养猪、养羊小区。1994年,五十家子购进基础母羊500只、种猪100多头,其养殖业出现了上规模、上效益的好势头。

可以说,玛尼罕乡实施的农田基本建设速度快、质量好,极大地推动了林草业的发展,而林草业的发展又促进了畜牧业的发展。

随后,玛尼罕乡又提出"大力发展两杏一桑,力争提前达小康"的奋斗目标。1994年,玛尼罕乡试验条桑育苗获得成功,共育苗5.43亩,产苗35万株。条桑是阔叶灌木,适应性强,用途广:叶可养蚕,皮可造纸,条可编织,亦是梯田埂的护坝林种。条桑可在沙地、黄土地栽植,成活率高、长势好,且一次栽植,多年受益。

这个乡大扁杏与条桑两个一万亩的基地建设,是一个大胆的突破。

桑叶绿,杏花红,"绿叶红花"富了农乡!

全国造林绿化百佳乡

木头营子乡位于敖汉旗东北部，距新惠镇约50千米，是著名的小河西文化发源地。木头营子，清乾隆年间命名，敖汉旗第一个札萨克王府就建在木头营子青山水库南侧的鼎足山麓。《明史》记载，岱青杜棱所领的敖汉部落曾在这里开过木市，交换日常生活用品，这里的"材木不可胜用"，也印证了当时"沙柳浩瀚，柠条遍地，鹿鸣呦呦，黑林生风"的生态环境。木头营子乡现有9棵古树，其中榆树5棵、柳树4棵，最高树龄达500年，最低树龄150年。这既印证了此处适宜林木生长的情况，又为后人留下了观赏风景。

新中国成立前，木头营子乡由于过度伐木、放垦等原因，目之所及是一片荒沙漫岗。"人眯眼，马失蹄，白天点灯不稀奇。""沙包子能打滚，沙坨子会伸腿。"经过几十年的植树造林种草，木头营子乡生态环境发生巨变，林地总面积已达35万亩，占全乡总面积的三分之一，是响当当的"全国造林绿化百佳乡"之一。

这里的牧草基地建设成效显著，闻名遐迩。全乡按照生态效益与经济效益统一的原则，采取"四统一分"管理办法，即"统一购进种子、统一整地、统一时间播种、统一看护管理和分户受益"，全力推广紫花苜蓿种植。紫花苜蓿一部分供本地肉羊饲用，剩余部分销售给当地草业公司。到1994年，全乡有人工草地18万亩，以东湾子为首的万亩草业村就有5个，形成了草多、畜多、粮多、钱多的良性循环。

经过多年的生态建设，木头营子乡的土壤和气候非常适合牧草生长，牧草和草籽产量均居全旗之首，有"牧草之乡"之称。牧草种植、加工、销售已成为木头营子乡的优势主导产业。既是美景，又富民强乡，这样的产业必然是乡村振兴的首选。

古树新颜

美丽的雁鸭湖

雁鸭湖在木头营子乡政府西约3千米处。放眼望去,远处是绿色的林网,犹如翡翠一样镶嵌在湖面的边缘,近处是平坦宽阔的湿地。湿地中间有一汪碧水,明亮清澈,微风吹过,仿佛一颗硕大而璀璨的珍珠滚动在多彩的地毯上,着实令人赏心悦目。不过最让人惊奇的还是那鹅黄色的水草彩带,一条一条地,金光耀眼地凸显在湖面上,像是画师无意间滴落在画中的几滴水彩,妙趣天成。一群飞鸟落在湖面,有的探头入水,有的啄水洗羽,有的追逐嬉戏,为湖水增添了动感魅力。

为什么叫雁鸭湖呢?此湖位于木头营子乡哈沙吐村万亩湿地,水域面积1000多亩。每年春秋两季,成群的大雁、野鸭、天鹅、丹顶鹤等鸟类在此驻足栖息,场面非常壮观,故得名"雁鸭湖"。雁鸭湖是敖汉旗保存最好、面积最大的一块湿地,它不仅对缓解敖汉旗北部地区的干旱有重大作

湖畔风姿

用,也为候鸟迁徙提供了不可缺少的栖息之地。对于广袤的大地来说,一片千亩的水域也许是微不足道的,但它以自己的方式默默地恩泽一方,并为无数的生灵带来生命所需的养料。

湖岸的泥土很松软,稍有不慎,就会陷进泥中。湿地覆盖地球表面仅有6%,却为地球上20%的已知物种提供了生存环境,具有不可替代的生态功能,因此享有"地球之肾"的美誉。中国湿地面积占世界湿地面积的10%,5635万公顷,位居亚洲第一,世界第四。截至2023年2月,我国有82处国际重要湿地。面对气候变化和人类活动的影响,湿地面积逐年减少,我国却能拥有这么宝贵的自然资源,着实是一件让人羡慕的事。所以一定要珍惜这些重要的生态系统,增强湿地生态系统的稳定性,为进一步改善生态发挥好湿地的作用。

青山水库和鼎足山

青山水库,碧水如镜,百鸟翔集,是一处名不虚传的风水宝地。它位于木头营子乡东南5千米处的鼎足山下,是一座中型水库,始建于20世纪50年代中期,坝长2000余米,是举全旗之力修建的。

青山水库

顺着孟克河水系，走上高高的青山水库大坝，顿感神清气爽。远方波光粼粼，近处清澈如鉴，鱼儿在水中游来荡去，鸟儿在水面盘旋飞舞，蓝天上朵朵白云倒映在湖水中，形成水天一色的美丽景观，仿佛置身于"落霞与孤鹜齐飞，秋水共长天一色"的诗境。这里是候鸟迁徙的栖息地之一，每年春秋之际，都会有成千上万只大雁、天鹅等鸟类在此落脚、栖息，使这里成为候鸟的天堂，同时也吸引了很多游人和摄影爱好者到此观光摄影。

青山水库的南侧就是鼎足山。和一些名山相比，鼎足山既不高也不大，但"山不在高有仙则名"。因为敖汉旗第一个札萨克王府就建在这里，鼎足山也自然名声远播了。据史料记载，清太宗皇太极先后将胞妹和女儿下嫁给敖汉旗蒙古王公。两位公主下嫁后，都隐居在鼎足山下的札萨克多罗郡王府。

沿着弯弯曲曲的山道上行，一路植被很是养眼，满地的各色植物织就一张多姿多彩的绒毯，约半个小时即可登临山顶。极目远眺，昔日王府旧踪难觅，昨日罡风已然入寂，唯见农田林网郁郁葱葱，山川清丽，河流脉脉，林草茫茫，绿地接天。

人们常说，有山无水，缺少一种灵性；有水无山，缺少一种厚重；有山有水，才是完美的景致。木头营子乡山水交融，相映成趣，的确是一处绝好的风景。

（三）叫来河水系

绿化标兵"两杖子"

"两杖子"是指金厂沟梁镇的刘杖子村与贝子府镇的黄杖子村，他们在敖汉旗大名鼎鼎。他们的经验被很多地方借鉴，他们的成绩广为流传，更值得学习的是他们没有躺在奖状上睡觉，没有在荣誉面前打盹。他们的共同特点是把"有所作为"当作人类生活的最高准则去实践去追求，因此，不论在什么情况下，都能做到有所发现，有所前进！

刘杖子村已报名参加全国造林绿化千佳村竞赛……

黄杖子村紧随其后，不甘落伍……

"两杖子"，交映生辉，令人欣喜。

刘杖子村位于敖汉旗东南部，地处燕山山脉北麓，境内沟壑纵横，地貌支离破碎。20世纪五六十年代，"干旱土薄，水土流失"是该村的主要自然特征。"天降二指雨，河起一丈洪。"恶劣的生态条件，使该村的农牧业生产每况愈下，变得非常贫困。

在敖汉旗，刘杖子村是最早搞植树造林的村之一，始于20世纪50年代，不仅进行了有组织的治山治水，还组建了专业队伍。刘杖子村2600人面对穷山恶水，没有退缩。这里山高坡陡，治理难度极大，全村4万多亩地均需彻底治理，没有胆量、没有勇气的人是不敢开展治理的。党支部一班人从20世纪五六十年代开始，一届干给一届看，一任接着一任干，谁当了书记谁身先士卒，带领全村人种树种草，治山治水。从1955年到1979年，刘杖子村治理土地11190亩，如果加上缓坡、土质山区就数十万亩了。

为了科学、合理治理山水，刘杖子村因地制宜，适地栽树。从1980年开始，刘杖子村的小流域治理进入了更新更高的阶段。他们请来农牧林水工程技术人员，对全村进行了规划，合理安排了各业用地比例。截至1993年，全村林地面积已达20235亩，森林覆盖率57.1%，且消灭了宜林荒山荒地。刘杖子村分布在若干个沟沟岔岔中，但河渠两旁、屯落旁、宅旁以及应绿化的地方，已经全部绿化。刘杖子村还是"三北"防护林建设工程村，他们在1990年就已完成防护林工程建设规划任务，并达到了部颁标准。全村义务植树也实现了基地化、规范化、科学化、制度化。

刘杖子村经过两个阶段长达四十年的艰苦治理，基本实现了"水不出川，土不下山"的奋斗目标。1993年，林业年产值已达到50万元，林木价值已达700万元，林业成为该村的支柱产业；结束了"扫草末，拣粪蛋，耙子搂，铲草根"的烧柴历史；粮食亩产已由20世纪60年代初期的100千克增至550余千克；牧业也获得了较快的发展；单论农家肥，刘杖子村亩施达4立方米。

刘杖子村不但善于造林，还非常重视保护造林绿化成果。多年来，全村没出现过乱砍滥伐、随意侵占、破坏林地的现象，也没有发生过重大的森林病虫害与森林火灾。刘杖子人既是造林的英雄，又是爱林护林的楷模！进入刘杖子村，顿觉空气清新、清爽宜人，几千号人就像生活在森林公园里，其乐无穷！

与刘杖子村一样处于山湾子水库上游的黄杖子村，虽然是后来者，但他们自起步开始就增加了科技含量，赢得了不少生态建设时间，事半功倍。黄杖子村是继刘杖村子之后的佼佼者，来得晚，但走得快。

黄杖子村位于敖汉旗东南部，地处努鲁儿虎山东段，海拔580米，相对高差260米，多年平均降水量350毫米左右，蒸发量达2500毫米，多年平均气温5.5℃，无霜期130～140天，最大冻深1.56米，沟壑密度1.5千米/平方千米，土壤侵蚀模数4800吨/平方千米年，平均坡度5～20度。

黄杖子村流域总面积5万亩，其中水土流失面积43500亩，占87%。1980年，全村有1620人，耕地5740亩，耕垦指数0.12，人均耕地3.5亩。治理前三年平均粮食总产仅16.15万千克，人均持有粮99.7千克，人均收入61.88元，单位面积产值2728元/平方千米。

黄杖子村小流域治理根据原水电部小流域治理标准，坚持防治并重、治管结合、因地制宜、全面规划、综合治理、除害兴利的水土保持方针，结合本地区的自然特点，进行全面规划综合治理。在生产建设上，积极抓好自给性粮食种植、保护性生态建设、商品性畜牧业生产，使近期效益和中长期效益紧密结合。在具体治理上，根据本地区条件，本着自上而下治一片、成一片、收益一片的原则，在宜林荒山造林，坚持草灌乔相结合、草田林网与修梯田相结合、山水田林路综合治理，合理调整土地利用结构，改广种薄收为少种高产多收，压缩耕地面积，还林还牧，合理有效地利用水土资源，改变生态环境，提高经济效益，为脱贫致富奠定了基础。还通过土地利用规划，明确综合治理方向，使工程措施和生物措施紧密配合，逐步达到集中连片，使整个流域形成一个完整防护体系。

经过七年的治理，于1990年通过上级部门的验收，且黄杖子村小流域治理被上级部门确定为同类型小流域治理的典范。截至1990年，七年来黄杖子村共治理水土流失面积37050亩，治理程度达85.2%，年治理进度14.3%；林草面积占宜林宜草面积的80.1%，林草覆盖率达64.5%；人均有林14.4亩，人均有草5.8亩，人均基本农田2.8亩，人均收入增加3.7倍；缓洪效益75%，减沙效益72.2%；造林23050亩，其中杨树林150亩，山杏林1500亩，松林17000亩，白榆林1200亩，沙棘林3200亩，种草9200亩；修水平梯田3400亩，坡式梯田1400亩；累计投工7万个，完成土石方43.1万立方米。

由于全面规划、综合治理、科学施工，黄杖子村基本控制了水土流失情况，全村土地利用结构趋于合理，生态系统向良性转化，经济效益、生态效益和社会效益越来越显著。

黄杖子村小流域治理并没因此停步，在水保业务部门的指导下，以巩固提高为宗旨，继续将生态建设作为工作重心，在原有治理基础上继续植树造林。1991~1994年，共治理土地4800亩，其中造水保林2100亩，新修水平梯田2700亩。到1994年，人均收入已提高到930元，人均占有粮800千克。

这真是花木成蹊手自栽，交映生辉画中来！

沙棘点点红山村

在1994年秋季农田水利基本建设大会战高潮之际，敖吉乡（现已撤销，并入牛古吐镇，以下简称"敖吉"）东山梁正被30多平方千米的沙棘覆盖，西边的山岗上也有大片大片的沙棘。说这里是"沙棘之乡"，无可厚非。

东山梁的一个梯田工地上，几百号人奋战了一个月修建了几百亩梯田。人们按照"熟土剥离，生土筑埂，修平田面，熟土还原"的四步施工法修造起来的梯田，梯埂坚实、田面水平、大弯顺势、小弯取直、水平作业，是为经典之作。

梯田的东西两侧均是沙棘林，高者两米多，矮的也不低于一米。深秋时节的沙棘林格外吸引人，大部分枝条上或殷红或橘黄，果实丰硕。此时人们已感寒意，但沙棘林却迎风斗寒，棵棵英姿飒爽，好像天冷了才显出它们的虎虎豪气。一阵劲风吹来，沙棘林摇曳多姿，风度翩翩，尽显风雅。

沙棘，是水土保持林的先锋树种。辽宁省建平县号称"沙棘王国"，保存面积多达50万亩。而在1994年，敖汉旗栽植的20万亩沙棘中有四分之一分布在敖吉，故敖吉也被称为"五万亩沙棘园"，亦有"沙棘之乡"的美称。

沙棘又名醋柳、酸刺、黑刺，为灌木或小乔木，耐瘠薄、耐寒、耐旱（年降水量在150毫米以上）、耐碱（pH值在9以下）、耐水湿，易成活。赤峰市大部分地方的自然条件均适合沙棘生长。沙棘生长速度快，种植四五年就可成林，枯枝落叶层还有很强的蓄水能力。据测定，可减少80%沙性土地的地表径流，75%的表土水蚀，故可保护土壤，延缓雨水汇流时间，削减洪峰，减少水害，从而达到保持水土目的。沙棘根系固氮能力强，亩沙棘林年固氮量相当于亩施50千克尿素。四年生沙棘每年每亩落叶可达300～350千克，腐烂后形成腐殖质层，有改良土壤、增强土壤肥力的作用。

沙棘为浅根系树种，大部分根系分布在5～20厘米深的土层中，根部发达，可串根自繁形成茂密的群体，可缓和径流、拦洪落淤、稳定河岸、固土防冲，故而可建为河道护岸林、沟壑防护林，筑成生物防护带。

沙棘还有很强的固沙能力，是风沙区公路绿化的首选树种。栽植沙棘以围封草场、林场，较便于管护，且比刺线围栏围封一次性投资少。

沙棘还是很好的薪炭林树种，具有生长速度快、产柴量高、枝柴产热量大的特点，每亩成林更新可产柴1000千克以上。赤峰市部分地区缺柴，而有计划地将沙棘林营造为薪炭林是解决烧柴困难的一条途径。

沙棘果呈橘黄色或橘红色，味道酸甜，含有多种营养成分（尤以维生素C含量最高）。沙棘果皮、果肉和种子在现代医学中有广泛用途，可增强机体活力，治疗多种疾病。沙棘果有食用价值，可制成沙棘酒、沙棘汁、果酱、沙棘精等。沙棘叶、皮、根等均有重要价值。可以说，沙棘副产品加工大有可为。

敖吉属黄土丘陵区，总面积43.3万亩，人口2.2万，有林面积18.5万亩。1981年，敖吉被敖汉旗水保部门列为沙棘重点营造乡。1981～1989年，共栽植沙棘5.1万亩。至1994年时已有4万亩结果，雌雄株比例为4∶6，亩产沙棘果15千克，年总产60万千克。

敖吉的黑山嘴村从1985年开始进行为期五年的大规模的小流域治理。每年平均造林3000亩，其中沙棘林1200亩，再加上种草、修梯田，基本上控制了水土流失，生态环境也得到了初步改善。这里的群众说："一片片啥都不长的不毛之地，先长起了沙棘。没想到，它还有那么大的用途！这真是瞎子拣马镫——套在脚脖子上了。"黑山嘴村森林覆盖率由治理前的5%上升到34%。以林带草方式下，畜牧业也随之得到发展。

曾经，沙棘一度被冷落，原因是采果困难、烧柴扎手，同时还常串根胁地。随着国内外一系列沙棘开发利用技术的引进与推广，敖吉的5万亩沙棘引起普遍关注，从此沙棘走进了大雅之堂，身价倍增。当然，连片沙棘郁蔽后采摘果实确有困难，需要拉出趟子再作业；有的林片趟子窄，当沙棘长到2米左右时，几乎就分不出趟子了。这些问题需要在栽植时事先解决，如适当增加行距。另外，也要注意株距和雌雄株比例问题。

敖汉旗的沙棘开发始于1993年，利用沙棘果研制出来的沙棘饮料备受青睐。黑山嘴村更是把山东农业大学的许慕农教授请来开发保健沙棘茶，在1994年试产试销，反响尚好。进入20世纪，敖汉旗全方位开发利用沙棘。目前，敖汉旗著名品牌"沙漠之花"沙棘和杏仁系列饮品已经在国内外市场名声赫赫。

（四）牤牛河水系

大甸子乡（现已撤销，并入兴隆洼镇）吴家窝铺是内蒙古水利厅批准由敖汉旗水保站实施的"农业生态基础建设"研究试点。吴家窝铺试点独具特点，科技含量高，无论对生态建设，还是农牧业发展都有指导作用。

吴家窝铺位于敖汉旗东南部，是一个行政村，总面积20平方千米，地处干沟子水库上游。有一级支沟43条、二级支沟134条，沟壑密度2.43千米/平方千米，沟壑面积0.11平方千米，主沟比降1/100。吴家窝铺在农业生态基础建设试点开始之前，土地单产42千克，人均持有粮食150多千克，人均收入71.76元。

吴家窝铺地势西南高、东北低，属黄土低山区，海拔600~820米，相对高差220米。侵蚀强度为极强度侵蚀，侵蚀模数为每年10179吨/平方千米。土壤为地带性黄土质褐土，土壤有机质含量0.7%~0.9%，自然含水率3.8%~23.8%。受人为破坏和自然因素影响，吴家窝铺在治理前植被稀少，种群退化，覆盖度低，水土流失面积达17.31平方千米，占总面积的86.6%，且交通不便，经济结构单一，粮食短缺，林业收入几乎为零，天然草场严重退化。人们为了满足生活上的需要只能进行掠夺性生产，这样既加剧了水土流失，又使生态环境进一步恶化。

针对上述情况，为合理利用开发黄土低山区，促进生态良性循环，造福人民，一些科技工作者从1980年开始就对吴家窝铺村开展了以加速农业生态建设为中心的工作。1984年，内蒙古水利厅批准吴家窝铺为重点综合建设开发试点区，由科技人员组建专门规划组，结合本村的自然特点，本着以生态建设为中心，坚持山、水、田、林、路综合治理的原则，实行"六结合，一统一"的办法，即工程措施与生物措施相结合，农田基本建设与荒山荒坡植树种草相结合，草灌乔相结合，长远利益与近期利益相结合，治理与开发相结合，治理与管护相结合，统一规划山水田林路。

试点工作一开始，吴家窝铺就着力解放思想，落实政策。为了克服"大锅饭"倾向，吴家窝铺实行承包责任制，把宜林宜草荒山荒坡荒沟分给农民，鼓励个人承包治理，执行"谁治理，谁受益，长期使用，允许继承"的政策，允许群众在承包的地块内，按统一规划自主经营。由于政策得当，激发了群众的积极性，加快了治理建设速度，提高了工程质量。

为了科学地指导建设，吴家窝铺对不同的生物配置方法做了土壤养分、土壤含水量和生物生长量的测定，为生态建设奠定了基础。生物措施坚持草、灌、乔相结合，以乔为主，乔灌混交，做到了多层次防止水土流失。

吴家窝铺根据自然、社会、经济情况，决定将总的建设规划分三个时期实施。第一个时期为绿化荒山阶段。吴家窝铺荒山荒坡植被盖度低，是水土流失的主要地段。为了控制水土流失，改善生态环境，首先应该主攻荒山治理。但是，本地荒山荒坡土壤条件瘠薄，直接植树种草会因水肥条件不足而难以成活。因此，吴家窝铺决定配套实施生物措施与工程措施，在大面积整地的前提下，植树种草，从而保证了苗木的成活率，保持了水土，达到了预期的目的。第二个时期为中低产田改造阶段。由于本地耕地少，且多为坡耕地，加之不合理耕种，水土流失极为严重。为此，吴家窝铺对土地利用进行了重新规划，使农、林、牧各项用地布设更加合理，协调了各业发展。同时进行坡耕地改造，并修筑水平梯田、坡式梯田，合理利用水土资源，改变了农业生产条件，增加了农业产量，使自然生态系统由恶性循环开始向良性循环转化。第三个时期为沟道治理阶段。由于本地山高坡陡，降雨强度大，且降雨集中，如果一开始就治沟，很容易因山洪暴发导致失败。根据这一情况，吴家窝铺实行先治坡面后治沟道的方法，即将坡面水土流失基本控制之后，再在支毛沟修谷坊、在大支沟筑塘坝、在主沟道改沟造田。这一举措不仅保护和开发了水土资源，还增加了经济收入。

1994年，吴家窝铺林草面积达到宜林宜草面积的83%；缓洪减沙效益显著，减沙16.8万吨，拦沙效率达95%；减少径流95.5万立方米，缓洪效率81.01%；土壤有机质含量由原来的0.8%增加到1.24%，有机磷增加了53%，速效氮增加了46%；土壤含水量增加了27%，地下水位平均提高了2米，最多提高了6米，同时改善了小气候。到1994年，该试点已经形成了一个以生态建设为中心，坡面治理与沟道治理工程配套，工程措施与生物措施有机结合，长远利益与近期利益互补的格局。

如今的吴家窝铺，千沟万壑换新颜，山青、沟绿、林茂、粮丰。这里的老百姓高兴地说："科学这玩意真了不起！闹半天到处有科学。原以为我们庄稼人学不懂科学，通过这次试点我们学会了科学的生产技术。感谢这次试点，它给我们带来了幸福。"

鎏翠叠金

二、典型示范

（一）黄洋洼文冠庄园

土地沙化被称为地球的"癌症"，中国是受土地沙化危害最为严重的国家之一。内蒙古是我国北方重要的生态安全屏障，横跨"三北"，曾是全国荒漠化最为严重的省份之一，生态环境脆弱。文冠果树由于根系发达，能充分吸收土壤深层的水分和养分，所以特别耐干旱、耐风沙、耐瘠薄，特别适合作年降雨量偏少的内蒙古、河北、山西、陕西、甘肃、新疆、吉林、辽宁等北方干旱半干旱地区的丘陵、山坡、沟壑的优良绿化树种。在年降水量仅100毫米的沙漠戈壁地区有散生的野生文冠果树，成活率远高于山杏、小叶杨等耐旱树种。文冠果树特别耐寒，在-41℃尚能安全过冬。文冠果不仅是北方地区主要的油料树种，也是生态林、水土保持林、防风固沙林、侵蚀沟治理林的先锋树种，是北方立地困难生态环境改造的优良树种。文冠果的碳汇效益亦是难以估量。

黄羊洼镇曾经是敖汉旗"全球500佳"环境奖的集中展示点和最佳观赏点。由于连续多年的干旱少雨和最初造林树种的单一，树木枯死、生态退化现象显现，让群众生产、生活及"全球500佳"环境奖荣誉都受到了严重挑战。经过多年的调研、考察、学习和努力，黄羊洼镇确定文冠果为主树种，从种质的引优繁优入手，打造种植、研发、加工、营销文冠果产业链，让黄羊洼成为一个花果飘香、风景优美的农业休闲观光旅游地。

到2021年，文冠庄园已完成5800亩的文冠果栽培造林工作，整体造林工程成活保存率在98%以上，目前大部分已结实。文冠庄园还建成了宽50米、长9000米的防护林。文冠庄园的建设为促进当地和周边地区的林业朝着科学化、集约化、规模化、产业化和现代化方向的发展，为区域生态建设起到典型示范作用。

文冠庄园成功入选敖汉干部学院生态建设下半场现场教学基地。文冠庄园在生态建设探索中的成功经验，通过干部学院平台向全国各地传播，成为面向内蒙古及全国展示敖汉旗生态建设成果的重要窗口，也成为文冠果产业发展成果的科普基地、体验中心、传播平台，有助于发扬敖汉旗生态文明建设传统。

（二）萨力巴乡生态建设情况和设施农业扶贫产业园

萨力巴乡于2020年被评为"全国乡村治理示范乡镇"。

20世纪60年代，萨力巴乡三十二连山流域水土流失严重，生态环境恶劣。为彻底改善生态环境，满足当地群众生产生活需要，20世纪90年代，萨力巴乡开展了三十二连山生态综合治理工程：修建水平梯田1.3万亩，治理河道0.2万亩、水保造林1.5万亩，营造农田防护林网2.5万延长米，治理面积达到 3 万亩，被誉为黄花甸子模式。2017 年，萨力巴乡被敖汉干部学院列为干部教育基地。2018 年，铺设木栈道 1.5 千米，安装红旗雕塑 9 处、建设展览馆 1 处。

党的十八大以来，萨力巴乡始终坚持"绿水青山就是金山银山"的发展理念，深入实施"生态立乡"发展战略，累计实施各类造林工程 42227 亩，其中新增造林 3300 亩，封山育林 7500 亩，恢复植被 2560 亩，残次林更新 9550 亩，改造低产低效林 8400 亩，建设防护林 1800 亩。引进了蒙树万亩景观综合体项目。牢固树立经营林业理念，发展各类经济林 5800 亩，其中发展亿森高产高效林果基地 800 亩，亩经济效益可达 3000 元，建设成果得到国家认可。大力开展坡耕地治理，仅 2018 年就实施坡改梯 1.6 万亩。深入实施老哈河上游流域治理工程，建设垃圾填埋场 3 处、污水处理站 1 处、垃圾中转站 1 处。

萨力巴乡设施农业扶贫产业园位于萨力巴村，成立于 2017 年，由敖汉旗农兴蔬菜种植农民专业合作社投资建设，总投资 2.26 亿元，总占地面积 1 万亩。所产产品品质优良、绿色、无污染，除满足当地群众基本需求，还远销北京、天津、石家庄、沈阳等地。

敖汉旗农兴蔬菜种植农民专业合作社成立于 2010 年，萨力巴乡萨力巴村党支部副书记王春永任法人。合作社成员有 7 人，由支部委员和群众构成，主要经营设施农业，现有务工人员 300 余人，其中普通群众 260 人、贫困群众 43 人，人均年收入 2 万元左右。该合作社为发展壮大村集体经济、切实增加群众收入开辟了新的路径，是脱贫攻坚和乡村振兴有效衔接的典型。

萨力巴乡设施农业扶贫产业园分三期建设。一期工程于 2017～2018 年实施，总占地面积 2400 亩，投资 4600 万元，建设标准化日光温室 497 栋，主要种植尖椒、西红柿、甜瓜，带动当地 300 余名群众就业，人均增收 20000 元。二期工程于 2019 年实施，投资 4000 万元，建设标准化日光温室 500 栋，种植尖椒、西红柿等，带动 200 余名群众就业。三期工程于 2020 年开工建设，投资 1.4 亿元，发展设施农业 5000 亩，建设标准化日光温室

1200栋，带动600余名群众就业。

以一期工程为例。萨力巴乡日光温室主要种植尖椒（120亩，每年2茬，亩产2万~3万斤，每亩每茬纯利润1.5万元）、西红柿（240亩，每年3茬，亩产约1.8万斤，每亩每茬纯利润2万元），辅种西瓜和甜瓜（70亩，每年3茬，亩产6000~8000斤，每亩每茬纯利润1万元）。每个棚投资7.5万元（政府补贴3万元，种植户自筹4.5万元），规模1.2亩或1.5亩，收益在1.8万~2.25万元。

贫困户获得收入的渠道主要有三个。一是土地流转收入。一期、二期工程由合作社从当地群众手中流转，共流转20年，有480名群众直接受益。二是获得资产收益。2018年，扶贫产业园提取资产收益金124万元，有1240位无劳动能力贫困人受益，每人每年1000元；2019年，扶贫产业园提取资产收益金156万元，有1560位无劳动能力贫困人受益，每人每年1000元。三是劳动所得。优先选择有劳动能力的贫困群众到日光温室就业，每天平均工资约100元。

（三）内蒙古津垦牧业有限公司优质高产苜蓿草生产基地

内蒙古津垦牧业有限公司为国有独资企业，于2017年12月15日成立。公司现阶段主要从事牧草种植、驴养殖，未来将逐步打造成集种植、养殖、畜产品加工、有机肥生产与加工于一体的全产业链龙头企业。

该公司在敖汉旗古鲁板蒿镇及黄羊洼镇建设了优质高产苜蓿草生产基地，拥有配套的蓄水池8个、贮草棚4个、管理设施用房500平方米、大型农机及喷淋设备70余台（套）。

通过播种苜蓿等固沙植物，提高了基地的生态环境质量，增强了防风固沙能力，将茫茫沙海变为大片绿洲，彰显"绿水青山就是金山银山"的绿色发展理念。

过去，这里土地瘠薄，"小老树"、低产低效林是"特产"。该公司接手以来，逐年改造土地，开展整地工程，配套建设水利设施，并在科学论证的基础上引进多个适宜本地区栽培的国内外优质高产抗逆苜蓿品种。

首蓿草场

该公司沿着净化空气、保护环境、优化种植结构的思路，深度进行科研与管理工作，与内蒙古农业大学等相关院所的专家多次沟通，开展优化种植结构、驯化种子等多项科研合作。该公司建立完整的生产、使用、检测等档案，实施先进的生产技术和田间管理制度，适时培训生产、技术人员，使基地生产、技术、管理水平达到要求。通过种植分析，对首蓿基地的种植、收割、植保等作业进行全程监控。大面积开发种植首蓿，改变当地的种植方式，改变脆弱的生态环境，实现可持续发展。优化农牧业发展结构，提高农业科技贡献率，引进中心支轴式节水喷灌设备，在改变传统种植结构的同时，为畜牧业提供优质饲草，从而形成良性循环。

（四）四家子镇清泉谷生态经济产业带

清泉谷生态经济产业带是四家子镇集林果、旅游、特色种养产业于一体，精心打造的旨在助力脱贫攻坚、推进乡村振兴、发展壮大村级集体经济的党建引领工程。

敖汉绿海新农家

打造林果产业，开辟发展"新路径"。四家子镇党委、镇政府统筹谋划，科学设计，抓住发展乡村旅游助力脱贫攻坚的主线，建设老虎山至清泉谷旅游线路，并沿线发展林果经济带。旅游公路20.93千米已全部建成通车，还在沿途及周边区域栽植了3000亩以苹果、梨为主要品种的果林。采取"合作社+农民"发展模式，吸纳有种植意愿的农民，沿长力哈达村、解放村、大古立吐村、五马沟村、闫杖子村、四家子村打造集林果、旅游、特色种养产业于一体的清泉谷生态经济产业带。到2021年末，新成立合作社5家，带动大户50户，引领果农500余户，发展林果5000亩。同时，引资投产水果仓储、运输、配送等全链条项目，引入果品加工企业，延链补链强链，提高产品附加值。

建立龙头企业，嫁接发展"新链条"。以长力哈达村、下房申村党支部为主导，利用党组织的组织协调优势，引进和吸纳小米生产加工、养殖业、林果业、旅游业等龙头企业，锻造和延伸主导产业链。自治区农牧业产业化龙头企业刘僧米业就地建设小米生产加工基地，并利用电子商务拓展下房申村及周边小米产业的营销市场。五洲农庄进驻清泉谷旅游区，建立乡村研学旅游基地，承接旅游文化服务项目，销售乡村农林产品，吸纳村民就业。围绕"游、学、吃、住、研"，深耕五洲农庄农耕研学旅游项目"一带""五区""两基地"（"一带"即林果经济带，"五区"即农耕文化体验展示区、革命教育研学区、国防教育研学区、果蔬采摘研学区、人类居住房屋建筑沿革区，"两基地"即非物质文化谷子种植研学基地、非物质文化演绎研学基地）建设，并在保留原有风貌的基础上，在下房申村打造集现代农业观光和文化研学旅游于一体的，望得见山、看得见水、记得住乡愁的地方特色研学小镇。

引领乡村振兴，实现发展"新突破"。四家子镇村两级党组织强化基层党组织核心引领作用，发挥党员先锋模范作用，严格履行村规民约、维护社会秩序、遵守社会公德、净化村风民俗，引领干部群众由"要我变"向"我要变"转型。北京市海淀区紫竹院街道对口帮扶资金100万元，主要用于栽植果树。下房申村以林果产业为支撑，以研学小镇为基础，发挥党建联合体优势，探索创建"政产学研用"五位一体协同创新发展的下房申村中部综合示范点。凝聚林果产业带的五马沟村、闫杖子村、长力哈达村，推动林果技术、产业、项目、平台、人才集聚，以党建聚人心、抓业务、促发展，推进党支部标准化建设，助力林果产业蓬勃发展，构建乡村治理新格局。

（五）敖汉旗清洁能源项目

敖汉旗是全国唯一一个光伏扶贫碳汇交易试点旗县。

敖汉旗风能、光能资源丰富，属于风力、光能资源开发二类地区。敖汉旗属于中温带大陆性季风气候，春季多西南风，冬季多西北风。据气象部门统计，年平均风速4~6米/秒，最大风速30米/秒，年平均大风日数可达55天。年有效风速时数，北部地区在6500小时以上，中南部地区一般在5500~6500小时之间。年有效风能功率密度，中北部地区一般大于163瓦/平方米，中南部地区为110~163瓦/平方米。这些自然条件适合风电项目的开发。现列部分"十三五"期间已建成并投入运营的项目。

风电项目

中电投东北新能源发展有限公司赤峰敖汉旗黄羊洼一期10万千瓦风电项目，位于敖汉旗黄羊洼镇，项目总投资10亿元。项目于2013年10月并网发电，运行良好，年可上网发电2.24亿度，实现销售收入1.21亿元，节约标准煤7.9万吨。从改善区域环境、减少污染物排放、保持水土方面来说，该项目的生态效益和社会效益明显。

敖汉旗黄羊洼风电场二期5万千瓦清洁供暖风电项目，由中电投东北新能源敖汉风电有限公司投资建设，总投资68919.9万元，其中风电场位于敖汉旗黄羊洼镇，供热站位于新惠镇。风电场安装单机容量2000千瓦的风力发电机组25台，新增220千伏主变1台，扩建高低压配电房194.1平方米，并配套建设了其他设施。供热站安装6MW高压固体蓄热式锅炉2台，新建锅炉房等构造物800平方米，风电容量达到5万千瓦，供热面积10万平方米，供暖项目主体工程已于2019年10月投入使用。风电场建设项目已于2020年8月20日建成并全容量并网发电，年可上网发电1.12亿度，实现销售收入0.6亿元，节约标准煤3.9万吨。

赤峰能瑞新能源有限公司敖汉哈沙吐2.5MW分散式风电项目，由赤峰能瑞新能源有限公司投资建设，项目总投资2071万元，位于四家子镇。该项目于2020年12月建成并网发电，年可上网发电0.06亿度，实现销售收入0.03亿元，节约标准煤0.2万吨。

光电项目

国电赤峰敖汉旗长胜镇40MWp光伏发电项目，由国电内蒙古能源有限公司投资建设，项目总投资3.8397亿元，位于长胜镇东兴村。工程分两期建设：一期工程建设20MWp，于2014年12月31日并网发电；二期工程建设20MWp，于2015年11月30日并网发电。项目全部投产后，日发电量16万千瓦时，年发电5600万千瓦时，年可实现销售收入4.9亿元，节约标准煤1.8万吨。

敖汉旗100MWp集中式太阳能光伏扶贫发电项目，由敖汉旗薪火新能源有限公司投资建设，总投资62269.51万元，位于敖汉旗木头营子乡东湾子村。项目于2018年4月中旬开工建设，当年6月建成并网发电。项目运营良好，年可发电1.4亿千瓦时，实现销售收入1.05亿元，节约标准煤4.5万吨。扶持无劳动能力贫困户4133户，每户每年可通过光伏扶贫工程实现收入3000元以上。本项目可持续扶持20年。

敖汉旗"十三五"时期第一批村级光伏扶贫电站项目，总投资851.45万元，资金来源包括政府统筹财政扶贫资金、自治区光伏扶贫补助资金、京蒙帮扶资金、中直机关对口帮扶资金。本项目于2018年11月4日开工建设，2019年1月30日9个电站全部建成并网试运行。年可发电150万度，实现产值约112万元，扶持建档立卡贫困村13个、374个贫困户。

敖汉旗"十三五"时期第二批光伏扶贫村级电站项目，于2019年8月6日工程正式开工，当年12月20日17个电站全部建成并全容量并网发电。该工程是内蒙古"十三五"时期第二批村级光伏扶贫电站中电站个数最多、体量最大、开工最早、工程施工进度最快的电站。年可发电0.5亿度，实现产值0.38亿元，扶持建档立卡贫困村90个、贫困户6923个。

"十三五"期间，敖汉旗共实施光伏扶贫项目3个，覆盖全旗99个建档立卡贫困村、11430个贫困户，每户每年有3000元的收益，可持续扶持20年。

三、辉煌成就纵横谈

从新中国成立初期到2020年这70余年的敖汉旗生态文明建设历史，起伏跌宕、波澜壮阔、可歌可泣，有传承至今的精神与传统，有鲜活感人的事例奇迹，有矗立在大地上昭示后人的丰碑，有史册上和群众口碑中令人称赞的辉煌成就。总结这段历史，对于开拓未来、启迪后人有着重大而非凡的意义。

从广度和高度上讲，敖汉旗生态文明建设成就是中国共产党领导广大人民群众进行生态文明建设实践的一个光辉范例。敖汉旗生态治理，是国家生态治理的一个缩影，它体现了人与自然、人与社会、人与人的多重关系。从实践效果和影响力上看，敖汉旗生态文明建设为全球生态恢复和沙漠荒山治理提供了"中国方案"的"敖汉模式"，为推进人类可持续发展贡献了"中国经验"的"敖汉实践"。这一生态治理成果，得益于中央和自治区的正确领导、科学决策和顶层设计，离不开一代又一代敖汉人的接续奋斗，生动彰显了"以人为本、艰苦奋斗"的人文理念和"不干不行，干就干好"的敖汉旗生态文明建设传统，充分展现了习近平生态文明思想的深厚实践基础。

秋插黄柳（21世纪初）

从宏观上讲，取得辉煌成就的根本原因是顶层设计的正确和科学。决策正确，是因为决策是从实际出发，是从人民群众的生存需要出发，是从经济和社会发展所需制定的。决策科学，是因为在实施过程中，决策都是从解决生态建设问题入手作出的符合实际的规划、计划，并采取了科学的措施、方法和步骤及实用有效的科学技术。就敖汉旗而言，这一历史过程就是：生存所需—生态建设—生态效益主导—生态、经济、社会三效统一，自发造林—国营林场造林—国社合作造林，个体行为—部门行为—政府行为—全社会行为，林多草多—畜多肥多—粮多钱多，种树种草绿起来—林权改革活起来—林草产业富起来—经济社会繁荣起来。

干部职工义务植树（20世纪90年代）

"敖汉绿"的辉煌来之不易，是在几十年奋斗历程中成就的。

生态文明建设是一个系统工程，敖汉旗生态文明建设是国家生态文明建设的一个缩影。

敖汉旗生态文明建设过程可简称为"南征北战"。"南征"是指在南部开展的以治理水土流失为中心的小流域治理之战，"北战"则是指在北部开展的以治沙为重点的治沙之役。南北两大战役持续进行了二十多年，均

大地织锦

取得了胜利。

　　从20世纪70年代开始，敖汉旗就把治理沙害，改善生态环境，向大面积黄沙山岭沟壑要发展作为一项长期的战略任务。特别是1978年"三北"防护林体系建设，给敖汉旗带来千载难逢的机遇。敖汉旗年复一年，苦干快上，到1993年底，有林面积已达480万亩（比新中国成立初期增加了30倍），人工草地达160万亩，林草覆盖率达到47.4%。从1978年到1993年，敖汉旗造林保存面积高达360.7万亩，年均增加保存面积约24万亩。1993年，敖汉旗林地面积5000亩以上的村有284个，万亩以上的村有226个，人均有林8.9亩；活立木210万立方米，人均3.9立方米；以山杏为主的经济林初具规模，达40万亩；林业产值6000万元，人均216元；林木价值已达4亿元以上，相当于人均在"绿色银行"里有保值储蓄736元；513千米的铁路、国省公路干道在绿色屏障保护下，终年畅通无阻。

在敖汉旗，也许只有在敖汉旗，才能更深刻地理解"植树造林建宝库"的内涵。敖汉旗几十年如一日大兴林草种植，再有效不过地保持了水土，使之成为生物的"土肥库"，有效地涵养了水源，使之成为"绿色水库"。

敖汉旗人工草地面积始终保持在100万亩以上。沙区搞人工种草前，平均亩产干草不过几十斤，不少沙地甚至是不毛之地；搞人工种草后，每亩平均收干草250千克。沙区大面积造林种草后，流动沙丘每年移动速度由3米降到1米，而相当一部分流动沙丘被根治。

敖汉绿龙

（一）关键在顶层设计决策正确

顶层设计决策是正确且科学的。在各级党委、政府领导下，一张蓝图画到底，一届接着一届干，一任连着一任干，持之以恒，落实了"以人为本，干就干好，持之以恒"精神，最终绘就一幅壮美的图画。

水有源，树有根。新中国成立后，中共中央和毛泽东主席非常重视祖国绿化的伟大事业，提出绿化祖国是社会主义建设的重要目标。1949年制定的《中国人民政治协商会议共同纲领》明确提出保护森林、有计划大力发展林业的基本政策。1955年12月，毛泽东主席在起草的《征询对农业十七条的意见》中提出明确目标："在12年内，基本上消灭荒山荒地……在一切可能的地方，均要按规格种起树来，实行绿化。"1956年3月，毛泽东主席发出了"绿化祖国"的伟大号召。《中共中央致五省（自治区）青年造林大会的贺电》强调指出："只要是可能的，都要有计划的种起树来。"1959年3月，毛泽东主席提出了"实行大地园林化"的战略构想。党的十一届三中全会以后，中共中央、国务院作出关于在我国西北、华北、东北风沙危害和水土流失严重的地区，建设大型防护林工程，即"三北防护林体系建设工程"的决策。这是一项非常伟大的生态建设工程。它以"防风固沙、蓄水保土、构筑中国北方绿色屏障"为宗旨，规划用70年时间造林5亿余亩。1981年12月，第五届全国人大四次会议审议通过《关于开展全民义务植树运动的决议》。邓小平同志1983年3月12日在北京十三陵水库参加义务植树时讲话提出："植树造林、绿化祖国是建设社会主义、造福子孙后代的伟大事业，要坚持20年，坚持100年，坚持1000年，要一代一代永远干下去。"1992年10月，中国共产党第十四次全国代表大会提出："要增强全民族的环境意识，保护和合理利用土地、矿藏、森林、水等自然资源，努力改善生态环境。"2002年11月，党的十六大正式将"生态环境得到改善"写入大会报告。党的十六大以后，以胡锦涛同志为总书记的党中央提出了科学发展观。2007年，党的十七大报告首次提出了"建设生态文明"理念。

党的十八大以来，以习近平同志为核心的党中央把生态文明建设纳入"五位一体"总体布局。2017年10月，习近平总书记在党的十九大报告中提出"人与自然是生命共同体"的重要思想。党的十九大报告指出：建设生态文明是中华民族永续发展的千年大计。必须树立和践行绿水青山就是金山银山的理念，坚持节约资源和保护环境的基本国策，像对待生命一样对待生态环境，统筹山水林田湖草系统治理，实行最严格的生态环境保护制度，形成绿色发展方式和生活方式，坚定走生产发展、生活富裕、生态良好的文明发展道路，建设美丽中国，为人民创造良好生产生活环境，为全球生态安全作出贡献。党的二十大报告指出：要推进美丽中国建设，坚持山水林田湖草沙一体化保护和系统治理，统筹产业结构调整、污染治理、生态保护、应对气候变化，协同推进降碳、减污、扩绿、增长，推进生态优先、节约集约、绿色低碳发展。

1981年7月，中共中央对内蒙古经济社会发展提出了"林牧为主，多种经营"的发展方针。1982年3月，自治区党委出台了《关于大力种树种草加快绿化和草牧场建设的指示》。中共中央的方针和自治区党委的决策为敖汉旗生态文明建设指明了方向和目标。1982年3月，中共敖汉旗委、敖汉旗人民政府作出《关于种树种草的决定》。敖汉旗在生态建设过程中得到了上三级大量的财力物力和科技等方面的支持。

（二） 敖汉旗抓好政策引领

1979年，敖汉旗第七次党代会决定：社员在房前屋后栽树、种果，或在生产队指定地方栽树，树木永远归社员个人所有。1981年，敖汉旗委、旗政府提出了"林草开路、多种经营起步"和"草上肥、油上富、植树造林建宝库"的口号。1982年，敖汉旗开展全民义务植树。1983年，根据因地制宜和因林制宜的原则，把权、责、利结合起来，实行以承包到户为主的多种形式的林业生产责任制。1984年，在林业生产建设上进行了改革，首先落实了"个体、集体、国家一起上，以个体经营为主"的造林方针。规定个人造林不限数量，集体造林划拨荒山荒地，树木谁栽谁有，产品由自己支配，允许继承，可折价转让。积极支持发展重点户、专业户和群众联合体。在生产管理上，实行多种形式的承包责任制。1985年，实行限额砍伐的管理办法，取得了多方面的巨大效益。

敖汉旗人民群众说："一条好政策就是一服灵丹妙药，管大用，成大事。""首先得益于好的政策，如果没有国家制定的谁造谁有、长期不变、允许继承和转让的大政策,或者说是总政策,敖汉旗绿化恐怕要推迟许多时日。国家有了好政策,我们的责任就是要不折不扣地贯彻执行,联系我们自己的实际用足用够。"

敖汉旗配套政策可分一个原则和四个类别。

首先,"因地制宜,科学规划,适地适树,分类指导"是配套政策的制定原则。这是基础,这一点整歪了,生态文明建设就要走弯路。

敖汉旗地形复杂,根据各地的立地条件和自然特点,本着从实际出发的原则,对全旗农、牧、林各业发展进行总体规划、布局,实行分类指导,宜农则农、宜牧则牧、宜林则林,并有所侧重、有机结合。在林草业的规划上,根据总体规划选择不同的林种、草种,坚持生态效益和经济效益结合,建立不同的林草发展体系。遵循"适地适树"的原则,把全旗划分为四个建设区,种植不同品种植物,即中北部沿河平川为杨树防护用材林区,北部沙沼为柠条、山竹子防风固沙防护林区,中部黄土丘陵为沙棘农牧防护林区,南部低山丘陵为油松、山杏经济林区与果树发展小区。土壤条件较好的地块种植紫花苜蓿,黄土丘陵和瘠薄土质种植沙打旺,流动半流动沙丘种植锦鸡儿、山竹子,盐碱化严重的地区种植马蔺等,水土流失严重的丘陵区种植沙打旺、苜蓿等多年生植物。

第二,宜林地分配政策。在已有的"统一规划、统一管理、分户种植、分户受益"政策基础上,全旗各乡镇苏木实行七年总体规划,逐年逐乡分步实施。每年列入重点规划的乡镇都实行一次性农牧林综合规划,按各项用地比例,统一调整土地,把造林种草用地一次性落实到户。为此,他们专门出台了新的宜林地分配政策,即"统一规划,一次到户,过期不补,限期绿化"。这样,农牧民谁也不甘心错过占地造林种草的机会,积极筹款开沟整地、买苗、买种子,从而广辟了资金渠道,动员了社会资金,保证了造林种草任务的如期完成。

第三,林地经营政策。敖汉旗在林草用地统一规划、一次到户的基础上,及时制定并实施了"鼓励林粮、林草间作和草田轮作,发展混农林业,谁地谁种,谁种谁受益"的林地经营政策。老百姓从这条政策中得到实惠，收益颇丰。敖汉旗的实践证明，林粮间作有利于巩固造林成果，促进林木生长。在造林后三至四年的幼林行间种植农作物，以耕代抚，既可以节约抚育成本、加大抚育强度，又便于管护，并且可以让群众在短期内获益，以短养长。据统计，实行间种可使造林保护率提高5%~15%。此外，造林与种草结合，能使林草相互促进，相得益彰。实行草田轮作有利于提高土壤有机质含量，有利于控制土壤沙化和水土流失。到1994年，全旗已建成草田林网20多万亩，林草间作、套作面积16万余亩。

第四，造林经费使用政策。对于种树种草所需资金，实行自筹为主、国家补助为辅的原则，并吸引社会游资。对于造林所需苗木，从1985年起，由过去无偿供应改为半价收费。这样做的好处，一是广泛筹集了资金，扩大了造林面积；二是可使造林者珍视自己的生产投资，有利于接受先进技术，提高造林质量；三是对苗木品质的要求促进了苗木质量的提高。实施这一政策，对于敖汉旗扩大造林面积、提高植物成活率起到了很大的作用。1985~1994年，共收回苗木资金100多万元，且造林面积扩大

碧水有情照山川

了13万亩。此外，还将基本建设投资改为配套资金，实行分级投资、分级配套，并按项目目标考核资金使用效果，将部分无偿投资改为有偿使用的周转金，实行定期回收、有偿使用，按生产成果评估投资效益。

第五，林草管护政策。实行"三分造，七分管"的林木管护政策，绝不让老百姓的汗白流、累白受，下大力气保护老百姓艰苦创业的果实。按照《森林法》《草原法》及林木、草原管理细则，旗、乡两级政府及村民委员会制定了护林护草公约、条例，张贴到家家户户，规范人们的行为。同时，各乡、村还组织强大的专兼职护林护草队伍，实行责任制，奖惩分明。旗、乡两级政府加强林草管理，毁林毁草案件一经发生立即处理。

（三）科技的运用、普及与推动

敖汉旗在生态文明建设中注重提升科技含量，推广适用技术。一是充分发挥科研单位和科技人员的重要作用，二是认真搞好现有治沙造林科研成果和适用技术的推广工作，使其尽快转化为生产力。

敖汉旗创造的抗旱造林系列技术，是针对敖汉旗风沙大、干旱、土质瘠薄的实际，围绕"旱"和"薄"两个自然因素展开的。其实质就是将水分条件视为主导因子，增加土壤和苗木水分供给，减少土壤和苗木水分消耗，改善土壤，培肥地力，提高造林成活率和生长量。该技术由开沟整地、选用壮苗、苗木保水、浸苗补水、扩坑保墒、适当深栽、分层踩实、培抗旱堆八个部分组成。

开沟整地。利用三眼井林场自行设计、制造的开沟犁，在造林前挖40~50厘米的深沟，即先整地后造林。其主要特点：一是栽植点深，可以借墒；二是可以减少地表径流，蓄水增墒，使沟内土壤含水量增加；三是可以减少沟内杂草，增加土壤孔隙度和枯草、落叶、畜粪等有机物，既有利于保墒，又改良了土壤，提高土壤肥力；四是可以促进根系垂直分布，增根效益明显；五是沟埂相间的整地方式能起到保护幼树的作用。实践证明，开沟整地的造林成活率比一般穴植高15%~30%。

选用壮苗。为适应开沟整地造林，所选苗木要在组织发育充实、无病虫害和机械损伤、根系完整的基础上，达到一定的高度、粗度，以提高抵御干旱的能力，即选用壮苗。实践证明，高13厘米的油松苗比高9.5厘米的油松苗成活率高约8%。

苗木保水。苗木含水率与造林成活率有直接关系，因此减少水分损失有利于提高造林成活率。主要措施是：掘苗前要进行剪梢，抑制徒长；严格执行掘苗、分级、假植、包装到运输的各项技术规程；栽植时，必须带植苗桶或其他保湿容器。

浸苗补水。即在造林前对所用苗木进行全株浸泡。浸泡时间不少于48小时，以增加苗木含水量，延长抵御干旱的时间。

扩坑保墒。即植苗埋土时，不回填挖出的土，而是直接铲下植穴壁的湿土。这样不仅扩大了植穴，还减少了土壤失墒情况，利于苗木成活。

适当深栽。指将苗木地际茎埋在植穴面下适当的深度。阔叶乔木埋土要超过地际茎10~30厘米，针叶树和灌木埋土要达到苗高的1/2。苗根及部分茎干埋在湿土中，利于吸收水分；地上部分保留得少，可减少苗木的水分蒸腾，还可以诱发一些树种生长不定根，有利于成活和生长。

分层踩实。在造林过程中，只有踩实，才能使苗根和土壤紧密结合，为成活打下基础。一般在坑内埋至近1/3的土时，实踩一遍，然后再埋土，再踩实，做到"两埋""两踩""一培堆"。

培抗旱堆。即在植穴上搭一个湿土堆，一方面可减少植穴内土壤水分的蒸发，另一方面能减少苗干部位的蒸腾、失水，在风沙地带还可以避免干沙土和苗木的接触。对于阔叶乔木，可培土堆20~30厘米，且一般搭在接近开沟的上口处。对于二年生针叶树，可将苗木全埋，以后再撤掉。这是干旱地区提高林木成活率比较有效的措施。

抗旱造林技术是一个系列技术，是敖汉旗在十年九旱条件下总结出的技术结晶，越是在干旱的情况下，越能显示出它的优越性。1988年春，双井乡（现已撤销，并入黄羊洼镇）3.15万亩造林工程和新窝铺乡（现已撤销，并入木头营子乡）2.68万亩造林工程，均使用了抗旱造林技术，在造林后百余天未见接墒雨的情况下，两乡造林成活率分别达84.3%和87.4%。

为了推广适用科技，敖汉旗特别注重队伍建设，健全科技服务体系。全旗所有乡镇苏木均建了林业工作站，并把林业学校毕业生充实到乡镇苏木林工站。全旗76名乡镇林业从业人员，大中专毕业生有73名，占96%，林业队伍具有较高的学历。同时定期举办培训班，提高林业队伍思想水平和业务能力。敖汉旗注重调动林业从业人员的工作积极性，较好地发挥了他们在指导生产、推广林业适用技术、管理和保护森林资源方面的作用。现在，全旗上下已经形成了由旗直业务部门、乡镇事业站所、村组科技人员组成的科技服务网络，使技术咨询、培训工作贯穿造林治沙工作始终。

（四）小流域经济沟治理

敖汉旗根据自然条件和实际情况，提出小流域经济沟治理方案，并形成了经验总结，具有典型意义。

敖汉旗小流域综合治理工程在山坡坡面形成了工程措施、生物措施、农业耕作措施相结合的多层次、多功能防护体系，达到了涵养水源、保持水土的目的。

敖汉旗沟多，但过去全是干沟，现在不少沟都有水了。以1993年为例，敖汉旗人均水保林4.9亩，人均占有水保林活立木2.4立方米，仅水保林一项，相当于每人在"绿色银行"存款240元。仅1992年与1993年两年，全旗建设生态经济沟222条，建设面积29万亩。

（五）广大人民群众发挥了主力军作用

人民群众的广泛参与是生态建设伟力所在。敖汉旗生态大会战动员了社会各方面的力量，呈现出千军万马齐上阵的局面，既轰轰烈烈，又踏踏实实。几十万人民群众，几十年都朝着一个目标，振奋起来做一件事情，凝聚的力量用"排山倒海"来形容也许正好。敖汉旗几十万人民群众用他们的双手，改造了山川，治服了黄沙，绿化了沟壑。所以，在赞美这些刻在大地上的"艺术精品"时，总不免赞叹这里的老百姓——他们是英雄！

与风沙干旱搏斗了三十多年的长胜镇人民就是他们的优秀代表。长胜镇现在是远近闻名的好地方，但在新中国成立之初，这里林木稀少、风沙横行。当时长胜镇森林覆盖率低得可怜，只有0.2%，且生产条件极差，自然灾害频发，人民生活十分贫困。1952年，这里的群众最早响应"植树造林，绿化祖国"的号召，营造了敖汉旗万顷农田上的第一道农田防护林。1958年，长胜乡（今长胜镇）群众大干一个月，营造了长35000米、宽200米的环围沙丘的防护林带。1974年，长胜乡（今长胜镇）的林业创出新局面：大搞方田建设，上万群众大干40天，营造宽12米、总长534千米的主副林带，形成475个网眼，保护农田8万亩。同时，开挖水渠520条，改修公路3条，一举实现了电、田、路、林、渠五结合的方田模式。到1994年，长胜乡（今长胜镇）有林面积超过15万亩，围封固定沙丘近10万亩，大部分村林成荫、草成片、带成网，水渠纵横，六畜兴旺，林茂粮丰。

梯田成岭绿蕴金

敖润苏莫苏木荷也勿苏嘎查，同样经历了艰难的搏斗才锁住沙龙。荷也勿苏嘎查，原称东沙子。回忆当年治理沙害，许多参加过治沙的同志深情地说："牧民真心齐呀，让咋干就咋干。目标任务一确定，一鼓作气就干了三个年头，男女老少齐上阵，夜以继日忙治沙。"一个小小的嘎查，每年造林都在3000亩以上，3年造林1万亩。

人们说，参与敖汉旗生态建设的"上有白发苍苍，下有开裤裆"，这充分彰显了敖汉旗生态建设群众参与的广泛性。

（六）"联村会战"是生态攻坚的有效途径

敖汉旗坚持连片治理，规模治理，形成了规模效益。敖汉旗每年集中人力、物力、财力治理多个乡苏木，开展连片推进。各级实行严格的目标责任制，一干到底，一抓到底。

20世纪90年代以来，全旗各乡镇以村为单位掀起了轰轰烈烈的生态建设大会战，一般一年有春、夏、秋三次战役。为实现在20世纪末全旗绿化达标的总目标，敖汉旗每年按25万～30万亩的造林治理速度推进，成效显著。联村会战，即联合若干行政村，统一规划，最大范围地开发劳动力资源进行规模治理，集中优势兵力打歼灭战，加快绿化治理，减轻个别村绿化目标的压力。联村会战不仅体现出一个地区为实现共同的目标而树立的大局意识，也体现出一种无私奉献精神。联村会战是目前解决敖汉旗各地区生态攻坚不平衡问题的最有效途径和方法，是加快敖汉旗生态文明建设速度的必要手段。

当时宝国吐乡（今兴隆洼镇）在夏季小流域综合治理大会战中认真学习"六道岭精神"，首次推出"联村会战"模式，组织5个村会战大青山流域。兴隆洼、发来甸子两村无条件支援了青山村（今大青山村），效果良好。这种模式为解决各村之间治理的不平衡问题，加快全乡生态建设步伐，提供了一条值得借鉴同时又值得研究和完善的新路子。首先，以工换工。在乡政府的统一协调下，联村会战的荒山所有村向非所有村补偿等量的其他劳动用工。第二，齐工记账。对参与联村会战的非土地所有村出工单独记账,由乡统一平衡。第三,以劳代资,入股分红。经过联村治理的宜林地产生的经济效益,非土地所有村按一定股份参与分红。第四,谁造谁有,长期经营。第五,划拨荒山。从土地所有村的宜林地中足额划给联村会战的相邻的非土地所有村生态治理费用地块,规定完成绿化目标时限,并由其长期经营,允许继承和转让。

(七)发扬六道岭精神和其他典型的带动作用

榜样的力量是无穷的。敖汉旗在每一个生态文明建设发展阶段都能及时抓住一批典型,如六道岭、三十二连山、大青山、马鞍山等,总结经验并加以推广。"六道岭精神"是敖汉人在生态文明建设过程中诞生的"敖汉旗生态文明建设传统"的最初表达,是在生态文明建设过程中产生的一种精神。其内容是"不干不行,山硬石硬也敢碰;干就干好,不让子孙骂祖宗;不等不靠,老牛拉车一股劲;无怨无悔,一心想着六道岭"。

20世纪80年代,敖汉旗王家营子乡(现已撤销,并入贝子府镇)六道岭的干部群众,不等不靠,埋头苦干,拼命硬干,经过八年治理,山河易容。他们用自己坚实的脚步,谱写了一曲艰苦奋斗的时代壮歌。

马鞍山山地综合治理工程

三十二连山秋韵

自力更生，艰苦奋斗，是中国共产党人的光荣传统。过去，中国共产党带领全国人民发扬自力更生、艰苦奋斗的精神，克服了无数困难，取得了一个又一个伟大的胜利。在新时代的今天，赞颂和弘扬"六道岭精神"，是进一步弘扬自力更生、艰苦奋斗精神的重要表现。

当时，六道岭的干部群众凭着高度的责任感，苦战八年，使30座山头、18条大沟旧貌换新颜。昔日濯濯童山，今日山山竞秀，沟壑淌金。不仅改变了生存条件，也为经济发展打下了基础。六道岭干部群众用实践证明：无论干什么事业，都要发扬自力更生、艰苦奋斗的精神，都应从实际出发，才能越干越红火。

第三篇
绿色的丰碑

在敖汉旗70余年的生态文明建设过程中，涌现出难以计数的先进人物，他们有的是既参与决策又身体力行的领导干部，有的是改善一方或局部生态环境的普通群众。他们都是敖汉人民植树造林种草、改善生态环境的杰出代表，他们的事迹在敖汉大地上广泛流传，集中体现了"自力更生、艰苦奋斗"的精神，"一任接着一任干，一张蓝图绘到底""不干不行，干就干好"的敖汉旗生态文明建设传统，成为广大人民群众颂扬的绿色丰碑。

一、绿化的领导者白俊卿

敖汉旗70余年的生态文明建设离不开一位领导者，他就是原昭乌达盟委书记白俊卿。白俊卿，蒙古族，敖汉旗人，生于一个小山村，1940年投身革命。历任敖汉旗旗长、旗委书记，昭乌达盟委宣传部副部长，克什克腾旗委书记，盟委副书记、盟委书记，内蒙古自治区副主席，内蒙古自治区人大常委会副主任。

白俊卿于1978年10月至1983年3月任昭乌达盟委书记。当时，昭乌达盟靠天吃饭，农牧业产量低而不稳，农牧民人均收入不足百元，日子过得清汤寡水。他实地考察这里的山山水水，坐在炕头上和基层干部、老百姓了解情况。盟情、民情、经验、教训、建议、意见，他整整齐齐记了一本子，满满登登装了一脑袋。深入细致的调查研究给了他启发，他得出初步结论：要想把农牧业搞上去，使经济社会有一个大的发展，不能急功近利，也不能头疼医头、脚疼医脚，必须着眼长远，从改善生态环境这一根本问题入手。为此，他提出"草上肥，油上富，植树造林建宝库"。

头三脚怎么踢？首先，要广泛宣传改变生态环境的必要性——一个以植树种草为主题的展览新鲜出炉。这个展览使当地人第一次了解到历史上这里是个水草肥美之地，生态恶化只是近百年的事情；只要通过艰苦奋斗，生态环境是可以改善的，只要改善了生态环境，农牧业就会有一个大的发展。

随后通过办讲座，宣传政策，开报告会等形式营造了良好的舆论氛围。短短几个月内，绿色的呼唤骤然唱响。人们私下议论：只要白书记一开会，开口必讲植树种草。

当时"种草"就是"新"理念！老百姓祖祖辈辈在黄土地上刨食吃，却从未种过草。在他们的旧观念中，农业就是种地，种地就是种粮，种草是八辈子没听过的事，纯粹是瞎胡整。有的老百姓还说："种草不是老百姓。"

白俊卿便跑到敖汉旗，打算在这里试点，种出一片牧草。

大片的紫花苜蓿在风中摇曳，把山野装扮得格外美丽。白俊卿站在地头，给基层干部和老百姓算一笔账：将不宜种粮的土地用来种草，其经济效益远远超过种粮；种草投入小，而且可以多年生长；种过两年草的土地，地力增强了，再种粮一年可以产出两年的量。基层干部、群众也明白了一个道理：种草种得好能够种出更大的经济效益，通过种草逐步改善生态环境，可以促进农业畜牧业的发展，其他效益更为可观。后来，昭乌达盟的"植树种草"上了《人民日报》《内蒙古日报》。

20世纪70年代初期，白俊卿回到了自己的故乡敖汉旗新惠镇老爷庙村。油灯下，他和乡亲们谈老爷庙村的过去，谈老爷庙村的明天。乡亲们陪着他走到他儿时玩耍嬉戏的大山深沟里，白俊卿的眼睛有些湿润，眉头疤了一个大疙瘩：这里的山比过去更秃了，全村还是清一色的小土房，农民家里还经常缺粮。他作为一位从这里走出去的领导干部，颇有一种愧疚感。他告诉村干部，老爷庙这个地方要改变贫困面貌就要种树，让荒山都绿起来，要流血流汗，把寸草不生的穷山变成林果飘香的宝山。

作为一位盟委书记，他到基层指导工作，不说大话套话，只是提出一些建设性的意见；他不听大话套话，就看你是怎么干的，如盟委的安排部署落实得怎么样，种多少树多少草。

白俊卿到乡镇、村检查工作，总要回过头来查一查：该种树的地方种没种，怎么种的，种得怎么样。有的基层干部说："老白头记性真好，他说过的事情过了两三年，仍然记得一清二楚。不知道他啥时候就要来经营经营，不认真整不行啊！"

经过两三年时间的思想大发动，认识再提高，"草上肥，油上富，植树造林建宝库"这个口号在这片大地上越叫越响，植树造林成为一种潮流和时尚。

自从提出这个口号，白俊卿看准了就抓，并且一抓到底。在生态文明建设方面，他是赤峰市的开路先锋！

二、绿色使者李儒

李儒，是一位绿化敖汉大地的使者，是一座令人敬仰的绿色丰碑。1994年8月，一条新闻迅速在敖汉大地传开：赤峰市委、市政府决定为李儒树碑立传，以表彰他生前为防沙治沙造林绿化作出的贡献。这对李儒来说当之无愧！

李儒曾任敖汉旗三义井林场场长、双井乡党委书记、旗农牧林水局局长、旗林业局局长、旗农业局局长、旗人大常委会副主任等职。1992年2月3日病逝。李儒同志的一生是为造林种草治沙奋斗的一生。他领导群众造的林，种的草，在敖汉大地到处可见。他造林种草的事迹，在全旗有口皆碑。广大群众自发用他的名字命名了一些地名：长胜镇的李儒田、李儒大渠，黄羊洼镇的李儒防护林、李儒大坝、李儒公路，敖润苏莫苏木的李儒沙包（指治沙试验点）、李儒固沙林等。

　　70年代初期，敖汉旗各国营林场和社队各造各的林，各占各的山头，井水不犯河水。国营林场虽有充裕的苗木和一定的技术力量，但是造林人力不足，每逢造林季节只能临时雇用社队人员，所以造林成本高、效率低。社队拥有众多的劳动力和大面积荒山荒地，却没有苗木供应，技术指导也跟不上，只是小打小闹，所以造林不见林、成活不成材。面对这种情况，1974年秋冬，李儒带领七名林业工程技术人员到克力代公社（今克力代村，下同）蹲点，全面勘查规划，摸索出了国营林场出苗木出技术、公社出劳力出荒山的合作造林模式，按三比一分成，大大调动了大家合作造林的积极性，加快了全旗造林步伐。克力代公社按照这种合作形式，经过1975年一春的艰苦奋战，共造林53589亩，"四旁"绿化11700株，绿化了374个山头、330条荒沟。一春的造林面积按全社人口算，平均每人造林4亩；按劳力平均算，每人造林12亩。一春的造林面积达到全社新中国成立

靓丽梯田

以来造林保存面积的 2.2 倍！一个春天，一个公社能造这么多的林，在全旗是前所未有的，群众说："这是做梦也想不到的事情！"

克力代公社采用合作造林的形式，一春完成的造林面积约占当时全旗春季造林任务 91200 亩的 59%。旗委、旗政府及时肯定了这个做法，并在克力代公社召开了各公社党委书记参加的现场会，决定将合作造林的经验在全旗进行推广。第二年春，辽宁省林业局在敖汉旗召开了全省各旗县林业局局长和国营林场场长参加的现场会，实地学习了克力代公社造林经验，省林业局副局长指出："敖汉旗采用国社合作造林新形式是个创举，这个经验要在全省范围内进行推广。"

丰收舞姿

1988 年春天，沉寂多年的沙窝子沸腾了！李儒和敖润苏莫苏木领导带领全苏木 2000 多名劳力，拿着铁锹，拖着木犁，展开了围剿沙漠的攻坚战。他们奋战两个月，投工 4.3 万个，造林 1.3 万亩，人工种草 3.65 万亩。他们马不停蹄地种柠条、插黄柳，营造杨树、柳树、锦鸡儿等乔灌木 4.27

万亩。雨季到来以后，他们又不失时机地飞播沙打旺、沙蒿、草木樨等优良牧草10万亩。经过两年的艰苦努力，全苏木40万亩流动、半流动沙丘有30万亩披上了绿装。

在治沙过程中，李儒制定了因地制宜、因害设防、前拉后挡的技术措施，并以点带面，言传身教。他从一个艾里赶到另一个艾里，从一个沙坑点赶到另一个沙坑点，就像一峰不知疲倦的骆驼在沙海中来回奔波。造林种草、搞飞播的时候，他更是早出晚归。睡不足觉，吃不好饭，身体乏了就吃点药顶着，光是一个造林月，体重就减了7千克。十月秋收季节，李儒同志又一次晕倒在草场上，医生建议他休息疗养，可是他只在家里待了几天，就又回到了建设工地。第二年夏，在治沙工地上，李儒又一次累倒了，但他仍然拖着病体、拄着拐棍奔波在沙地上。人一天比一天消瘦，往日的嬉笑声没有了，背也驼了。旗委书记闻讯，急赴治沙工地看望他，并把他接回旗里入院治疗。

李儒重点抓了造林种草、防风固沙。1988~1989年春季造林会战期间，投工近6000个，完成造林8.6万亩，完成人工利草6.2万亩，飞播种草17.5万亩。他在春季造林会战中亲自规划，监督质量。由于狠抓技术措施和管理，造林质量得以提升，两年造林成活率均在80%以上。这些举措不仅提高了农田草场的经济效益，而且大大提高了牧场的载畜能力，使苏木的风沙危害初步得到控制。除了植树种草，他还引导牧民发展多种经营，走出老一辈单一经营牧业的老路，同时为贫困户制定了特殊的扶贫政策，即在有条件的地方允许每人在房前屋后开发两亩饲料地。1988~1989年，全苏木共开发饲料地2000多亩、稻田300多亩，为牧民脱贫致富开辟了新途径。

李儒在敖润苏莫苏木苦干两年，下乡500多天，从没休过什么星期天。他废寝忘食，为牧民早日脱贫致富而夜以继日地工作着；他心里装的是牧民兄弟，从不计较苏木的艰苦生活。苏木食堂伙食不好，连大葱蘸酱也供应不上时，他就从家里带东西吃。

由于他扶贫成绩卓著，1989年3月被内蒙古自治区经济开发扶贫领导小组授予"先进工作者"光荣称号。同年9月，出席全国少数民族地区扶贫工作会议，受到了党和国家领导人的接见。

1990年，李儒到了离休年龄，旗委考虑他在敖润苏莫苏木扶贫已经两年，还剩最后一年，旗委书记便找他谈心，希望他再坚持一年，把牧区三年扶贫任务拿下来。对此，他欣然领命。他虽然老了，但为牧区拔穷根的壮心不老，他向党组织表示会干好最后一年，请党组织放心。这年的2月，刚刚为指导组成员开完会，他又病倒了，且病情日渐加重。他虽然身在病榻，心却在敖润苏莫苏木。他几次把指导组成员和苏木党委、政府负责人叫到病床前，千叮咛万嘱咐，要搞好那里的治沙和扶贫，要对得起蒙古族父老乡亲。1992年2月3日，大年三十，在这万家团聚的日子里，他走了。

1994年9月，赤峰市防沙治沙造林绿化会议在敖汉旗召开，会上表彰奖励了全市防沙治沙造林绿化先进集体和模范个人，同时决定为全市防沙治沙造林绿化作出突出贡献的已故模范人物树碑立传。李儒名列其中。

1995年8月，揭碑仪式在新惠镇石羊石虎山公园举行。那天下着小雨，大家都说老天在为他落泪。

人生自古谁无死，留取丹心照汗青。李儒离开我们多年了，但他的精神一直都在激励着我们。他生前踏遍敖汉旗山山水水，无论是在防沙治沙造林绿化方面，还是在农业生产及农业基础建设上都作出了突出成绩。他用一名共产党员的实际行动，用自己的心血和生命，在敖汉大地上谱写了一曲奋斗之歌、创业之歌、奉献之歌。他的事迹将永远激励我们去奋斗去拼搏。

大哉！绿色使者李儒！

三、学有所用，绿化敖汉——张立华

1970年，张立华毕业于东北林业大学。他在敖汉旗待了25年。其间，他担任过乡镇林业站干部、技术员，旗林业局局长，乡党委书记，旗委副书记、书记。尽管他的工作环境与职务几经变化，但他始终把自己与发展林业，与改善敖汉旗生态环境紧密联系在一起。张立华始终热恋着林草，也一刻没离开过林草。他同广大人民群众一道，艰苦奋斗，使敖汉旗生态建设在多年雄厚的基础上更上一层楼。

张立华说："我的好多前任老领导几十年来探索的防沙治沙造林绿化之路，是致富敖汉之路，可以说舍此无路。我一定要把防沙治沙造林绿化的大旗扛到底！"连续几年，敖汉旗接连被授予"全区造林成绩优异奖""全国治沙先进单位""全国造林绿化先进单位""'三北'防护林二期工程先进单位"等荣誉。张立华同志于1992年荣获"全国绿化奖章"，1994年被自治区人民政府授予"全区防沙治沙造林绿化劳动模范"。面对荣誉，张立华很冷静："集体的荣誉是多年来积累起来的成果，不是我这几年干的。给我个人的荣誉，其实也是大家干出来的，我当了代表受领了。"

那么，张立华这几年是怎么干的呢？他进一步强化了对防沙治沙、造林绿化工作的领导，使全旗的林草建设一年上一个新台阶，且每年新造林在25万亩以上。在他的建议下，林草建设开始列入各级领导班子工作岗位责任制，实行目标化管理，并以此作为考核各级领导干部政绩的主要条件，做到奖惩分明。每到春季造林季节，旗委、旗政府都要召开工作会议进行动员部署，组成专门班子作出精心安排，组织大会战。所有领导采取定点包片办法，并普遍采取旗干部包乡镇、乡镇干部包村组的管理办法，做到人人有责，层层有目标，进一步调动了干部群众防沙治沙植树种草的积极性。他协调四大班子同唱林草一支曲，真抓实干。继续坚持实行人财物向植树造林倾斜的办法，集中力量打歼灭战。领导挂帅，对重点乡镇实行分兵把守，阵前指挥。包点的领导同志参与战前动员、技术培训、种苗调运、质量监督等关键环节，深入实地检查指导，坚持同人民群众干在一起，吃住在一起。1990至1994年，张立华每年都参加敖汉种羊场（今属黄羊洼镇，下同）和康家营子乡（已撤销，并入兴隆洼镇，下同）的春季造林大会战，一干就是一个多月。1991年春，他得了严重的糖尿病，但仍带病工作。1990和1991年，敖汉种羊场和康家营子乡一举实现草牧场林网化。1993年,黄羊洼沙化草场防护林建设工程作为全国治沙会议参观点,受到前来参观的林业部领导和与会代表的一致好评。

为把敖汉旗林业建设提升到一个新水平,实现绿化敖汉的美好愿望,张立华组织有关部门的工程技术人员在深入调查研究的基础上,制定完善了七年绿化敖汉的规划,确定了全旗1989~1995年绿化事业建设的目标、基本指导思想和主要措施,绘制了敖汉旗"八五"期间的林业建设蓝图,并通过旗人大常委会作出决议,以法规形式固定下来,成为全旗造林绿化的纲领性文件。

山韵叠翠

张立华通过反复调查研究和总结对比,提出一系列符合实际和群众意愿的防沙治沙、植树种草、小流域综合治理等方面的政策意见。在植树种草方面,制定并推行林草地一次分配到户,限期完成,逾期不补,有偿使用的政策;制定并推行统一管理、分户种植的经营政策;制定并推行以农民自筹资金为主,国家补助为辅的投入政策;制定并推行谁种谁有,长期不变,允许继承和转让的产权政策;制定并推行专业队伍与群众结合,划区看护,且绩效与工资挂钩的政策等。这些政策,在全旗生态建设方面发挥了巨大作用。

张立华办点试验、示范,不断提高林业建设水平。作为林业工程师,他十分注重发挥科学技术的作用。为提高林业生产建设水平,他针对实际,开展科学试验,办点示范。70年代中期,他带领工作队在南部山区大面积营造以油松为主的针叶林,为后来的山区造林积累了很多经验;80年代初,他在生产一线开展了杨树速生林造林技术试验,推动了敖汉旗速生林的发展;1981年,他带领牛古吐乡(今牛古吐镇)数千名群众在国道111线旁造起了数十里的护路林;1989年,他深入造林现场开展抗旱造林技术试验,为形成敖汉旗抗旱造林系列技术作出了贡献;1990年以来,他主持了退化草牧场防护林营造技术推广项目,到1994年,全旗营造牧场防护林12万多亩,丰富了我国北方牧场防护林的营造技术,对于营造牧场防护林具有指导意义。该项目于1992年10月通过专家鉴定验收,于1993年被赤峰市科学技术委员会、自治区林业局分别授予科技进步奖一等奖。

这就是张立华,他以一个青年科技工作者身份步入这块严重沙漠化的土地,在风吹雨打中,踏遍千重沙、万道岭,学有所用,绿化敖汉。

四、科技领先绿敖汉——马海超

有人说马海超是造林的"科技尖兵",也有人赞誉他"科技领先绿敖汉"!

马海超,敖汉旗下洼镇人,1951年参加工作,1974年加入中国共产党。高级工程师,全国造林绿化劳动模范。曾任国营三义井机械化林场场长,旗林业局副局长、局长等职。

马海超在参加工作的四十三年中始终奋斗在林业战线上,有高度责任感和强烈的事业心。他在科技方面为敖汉旗防沙治沙、造林绿化事业作出了突出贡献。1980年春,他制造了第一台开沟犁,并应用于生产。敖汉旗抗旱造林系列技术全面研制成功后,他于1986年开始推广,促进了敖汉旗林业科技事业的发展，解决了干旱、半干旱地区许多造林技术难题。在科技造林方面，他发挥了率先垂范作用。

20世纪70年代初期，他带领旗农牧林水规划队，对位于科尔沁沙地的古鲁板蒿乡（今古鲁板蒿镇）农牧林业进行了总体规划，并根据该乡风沙干旱危害严重的特点，重新安排了农牧林用地比例，科学规划设计了农田防护林。在规划过程中，他因地制宜、因害设防，按照"适地适树"的原则，合理调整林带结构。这份规划是敖汉旗进行农牧林业总体规划的主要借鉴资料，开了紧紧依靠科技防沙治沙造林绿化的先河。

20世纪70年代中期，根据当时形势及敖汉旗林业发展现状，马海超与李儒果断提出了国社合作造林想法，并制定了实施办法。这一举措，成效显著：全旗通过国社合作造林90万亩，保存80万亩。在造林过程中，马海超深入生产第一线，用理论知识及实践知识指导造林，仅1977年，他指导下的林木成活率达到93%以上，居全旗第一。

1978年，他担任国营三义井机械化林场场长。到任后，他立即组织人员对林场的森林资源进行了调查：全场有35万亩林地，蓄积量6.9万立方米，每亩不足0.2立方米，成材面积不足2000亩。如何改变这种"年年造林不见林"的现状，成了林场面临的最严重的问题。作为一场之长的他，积极开动脑筋，分类指导，分类经营，把35万亩林地分成三类，分别实施经营措施。由于采取的办法得当，技术准确，取到了明显成效。

1980年以前，对于经营速生丰产林，人们的意见不一致。有人认为：在风沙干旱条件下，营造速生丰产林既没有理论依据，也是不现实的，很难获得成功。面对这种情况，马海超没有退缩，他顶着压力，克服困难，根据营造速生丰产林的技术要点，逐个解决技术难题。就这样，他指挥营造了敖汉旗历史上第一片杨树速生丰产林，计380亩，当年成活率达到95%以上。看着这生长茁壮的速生丰产林，人们信服了。到1995年为止，全旗在沿河阶地营造速生丰产林3万余亩，价值达3000余万元。这一成果，获得了赤峰市科技进步奖一等奖。

为了培育良种壮苗，他从1979年开始不断引进优良品种，同时克服

"短命鬼"思想，积极建设苗圃，繁育良种壮苗。尤其是担任旗林业局局长后，他进一步加快了育苗改革进程，淘汰了小叶杨等树种。他采取限制单产、增加投入、加大科技含量等措施，大幅度提高了苗木品质，使一级苗产出率达到80%，掀开了敖汉地区育苗的新篇章。

长期以来，敖汉旗造林密度较高，这是造成全旗"小老树"多的一个重要原因。要解决这一问题，需降低造林密度，扩大树体营养空间。这一想法一经提出，立即引起了很大争论。为此，他组织召开了专题会议，把他的理论依据以及这一做法的可行性进行了详细介绍。本次会议统一了人们的看法，决定将造林密度由270～333株/亩降至148株/亩。这一技术措施的实施，立即显示出巨大的成效：林木生产速度明显加快。后来，他又降低了亩株数，效果更好。

为了解决造林成活率低、保存率低、成林难成材的难题，他与同行积极调查研究，最终找到了解决办法。他发现在小河沟或低洼地里生长的树木，不论是生长状况还是生长速度都好于平地上的树木。这一发现，使他产生了开沟造林的想法。开沟造林必须有开沟犁（大犁）。他派人走了好多地方也没买到这种大犁，于是，他组织林场能工巧匠自己研制。经过不懈努力，几次三番的研究修改，终于在1980年春天成功造出第一台开沟犁，并应用于生产。与不开沟造林相比，开沟造林当年的造林成活率提高了20%。于是，根据他的建议，敖汉旗开始大力生产开沟犁，并扩大开沟造林面积，促进全旗绿化。这一成果，获得了自治区科技进步三等奖。这一成功给了他进取的力量，他决定在开沟整地的基础上，进一步研究抗旱造林技术措施，使之成为一个系列技术。

多年的实践证明，限制敖汉旗林木成活的主要因素是干旱，所以解决了"水"的问题，树木成活也就不难了。基于这一认识，他紧紧围绕"水"这个中心做文章：首先解决苗木出圃后的保水问题；在这个基础上，再解决苗木经冬后补充失去的水分的问题；之后，他又在栽植技术措施上进行系统研究，创造了扩坑保墒、适当深栽、分层踩实、培抗旱堆四个抗旱造林栽植技术措施。为此，由开深沟整地、选用壮苗、苗木保水、浸苗补水、扩坑保墒、适当深栽、分层踩实、培抗旱堆八个方面组成的抗旱造林系列技术研制成功，并于1986年开始推广。到1991年，全旗造林173.3万亩，其中全面应用抗旱造林系列技术的有115.5万亩，合格面积96.1万亩，合格率为83.2%，比传统造林合格率提高一倍多。

说马海超是造林的"科技尖兵"，赞誉他"科技领先绿敖汉"是恰如其分的！

五、咬定青山不放松——孙家理

孙家理，1933年出生在敖汉旗一个农民家庭。1970年，孙家理任长胜公社（今长胜镇，下同）党委书记后，决心要改变这一地区恶劣的生存环境，造福百姓。1987年，孙家理被自治区政府评为"林业先进工作者"。1990年，因在植树造林、绿化祖国的事业中成绩卓著，被全国绿化委员会、林业部授予"全国绿化奖章"。

孙家理在敖汉旗可说是大名鼎鼎。他出名出在治沙上，出名出在造林上。他造林治沙的先进事迹，至今仍在敖汉大地不断颂扬。他几十年如一日抓绿化搞治沙，人们笑称他是"植树迷"，是"沙漠之狐"，而他也确实爱沙治沙。

1974年，面对风沙，孙家理毫无惧色。他说："沙再大，风再狂，也斗不过人。只要人心齐，大家劲往一处使，不当孬种，再大的沙也可以治住，再大的风也可以煞住！"他身先士卒，拉开了治沙大会战的序幕，只一年，就营造农田、牧场防护林带34条，建成475个网眼，造林总面积超过1万亩。同时，用生物措施围治沙丘，让长胜治沙造林之役越打越大，树越栽越好。1982年，他指挥的京通铁路绿化大会战，充分显示了他的聪明才智。京通铁路敖汉段长98.5千米，沙阻十分严重，最严重的一次造成停车72小时。他在铁路两侧规划造林3.2万亩，由于技术措施得当、指挥有方、高度负责，使造林成活率达到80%以上。该项目获得了国家科技进步三等奖。在孙家理担任副旗长和旗政协主席期间，每个造林季节，他都亲临第一线，甚至几次病倒在造林治沙工地上。一连多年，他每年下乡都超过八个月。

仙庄农翠叠观云

他曾多次说过："有人爱黄金，我最爱绿树。"退休后，按说可以享享清福了，但他待不住。1994年春季造林一开始，他又请缨出战。旗领导考虑到他身体较弱，请他好好休息，但他坚定地说："有病可以带上药嘛！我是小车不倒只管推！"他一到南塔乡（现已撤销，并入丰收乡），就到任务最重、条件最差的杏核营子，与那里的干部群众奋战在一起。当时这里的干部群众经常讲的三件事都与孙家理有关。头一件便是"风雪不误搞规划"。3月21日，气温骤降，北风呼啸，大雪纷飞，这时的孙家理已回新惠镇去请技术员修订造林规划。当时人们都议论："孙主席今天肯定不来了，咋着也得在家住一天。"谁也没想到，孙家理竟顶风冒雪地回来了！他说："抓紧时机快造林比什么都重要！"第二天，他顶着鹅毛风，和年轻人一道上山测量。第二件事是"老孙头跑破一双新胶鞋"。孙家理离开新惠镇之前，到商店里买了一双新胶鞋，而且买的是耐穿的回力鞋。他知道上山爬岭费鞋，旧鞋估计顶不了一春。一个多月的奔波劳作，鞋子底掉帮脱——他把这双新的回力鞋跑坏了！这里的群众说："老孙头一天差不多跑四五十里路。"南台子村石硌子山很陡峭，胆小的都不敢凑前，但孙家理不管那一套，整天穿山越岭，指导造林，一些小伙子都追不上他。村党支部书记周福德说："咱们咋也得跟上他的脚步呀！"4月7日那天，全村400人被划分到14个造林战场，他当天就跑了7个工地为群众做示范。嗓子说哑了，手打起了血茧，顶不住了就吃镇痛药。旗林业局曾为他派工作车，他婉言谢绝了，说："你们指挥全旗造林，没车不行。我就负责一个村子，两条腿就够！"第三件事是"村民请主席吃饺子"。从3月21日到4月24日，孙家理在这里一干就是35天，老伴多次打听他的情况，他只是风趣地说："不完成任务决不下战场！"一个多月的奔波操劳，他脸黑了，人瘦了，但这里的群众称赞他："这才是共产党的好干部呢！"孙家理认为，为老百姓办几桩好事比什么都重要，个人苦点累点没啥，心里是甜甜的。同时他也觉得，自己为党干了一辈子，能干的时候，就得力所能及干一些，岗位虽然不同，但总可以做些事，自己一生都跟林子打交道了，离开了这件事心里难受。这些事，村民们看在眼里，疼在心上，在孙家理离开这个小山村之前，有一位村民包了饺子，还炒了四个菜，请孙家理来家里吃饭，这位村民说："不这样做，总觉着心里不踏实！"

  1994年8月，赤峰市防沙治沙造林绿化总结表彰大会上，孙家理受到了市委、市政府的表彰。几十年来，孙家理走到哪里，就把绿色带到哪里。"为改变敖汉面貌，为绿色事业一生奋斗终不悔"，是他永不改变的誓言。他曾这样说："我这样干，自己也觉得很累，但又觉得再累也是值得的。"

  他是那样的执着，那样的专注，那样的始终如一，真是"咬定青山不放松"啊！

六、敖汉"愚公"造田传奇

这是王国疆先生记录的一个故事,读之,每每令人感动。这个"愚公"是敖汉旗生态文明建设中硬汉形象的一个缩影,理应记录下来。(本文作了删减和转写)

故事发生在萨力巴乡张家营子村一个渺无人烟的山坳里、水泉边。主人公姓于,名久森,由于他造田事迹与愚公移山的故事极为相似,本文权称"于公"为"愚公"。

"愚公"的生存环境是山坳、窑洞和孤灯。

从张家营子村委会驻地向西南进发,行八里水路便到了仅有四五十户人家的水泉村民组,再往南走四五里水路,登上高埠,便看到戈壁"挟持"下的一条小溪在曲曲弯弯地流淌。小溪边的台地上,层层叠叠地挤满了稻田、梯田和虬曲盘旋、钻山跨涧如血管般的渠道。两孔窑洞像眼睛一样"睁"在崖壁上,全神贯注地"注视"着这水、这渠、这田。一位年仅五十的"愚公"在窑洞前嗞啦啦地吸着旱烟,目不转睛地注视着这水、这渠、这田。

就在这山坳的窑洞里,一盏孤灯伴着"愚公"在这里守候了13年,苦干了13年,经受了13年炼狱般痛苦的煎熬,最后获得了一个雅号——"造田大仙"。

肥田的用料是家土和野土。"愚公"并不是孤家寡人,他有妻子和儿子。他之所以独居深山13年,是因为他相中了这汪水、这条沟。1984年的一个春日,他缘水而上来到石门子,看着一溪浅流在此静静流过,然后在乱石荒草中远逝,他琢磨了许久,许久……第二天,他扛来了镐和锹。于是,死寂的山坳里响起了铿铿作响的凿石声。又一个第二天,斧削般的崖壁上,出现了两孔窑洞:一为卧室,高一米八左右,内搭火炕一盘;一为灶间,安铁锅一口。从此,他与这敖汉旗独有的窑洞结下了不解之缘;从此,他与这水、这沟较上了劲,而且越较越紧,直较得水遂了他的心,沟如了他的意。

13年,13年啊!他不舍昼夜地填沟造田,削坡造田。

这里本没有田:两梁夹一沟,梁梁白沙流,牛羊不上梁,野鸟不进沟。人民公社化运动时期,生产队曾试图在这儿种地,但经历春风揭、夏雨冲、秋霜打之后,最后连种子也没赚回来,疲惫不堪的社员索性任其荒芜了。

实行生产责任制之后,农民的积极性被调动起来了,但人们仍不敢触碰这里。"愚公"不信那个邪:有水为什么不能造田?他拍拍胸脯:"我承包!"两年后,他把上好的口粮田让给别人,让这里的八九亩荒地变成了自己的口粮田。他把这里同全家人的命运牢牢地捆到了一起。从那时起,2500米曲曲弯弯的河道串起了一组裹着汗水味的故事。

谷田万顷

关于填沟造田,他说:"家土换野土,一亩顶两亩。"小溪在沟里左冲右突,形成了一块块巴掌大的涝洼塘。他首先盯住了这些塘,决心把它垫平,种上庄稼。他套起了车,从距离这里2千米的营子里拉房框子土、溜风土、粪坑土。就这样，冬去春来，他把周围的房框子"修理"没了，把溜风土都划拉尽了。"智叟"们冷嘲热讽，说他愚，说他痴。但他淡然一笑，乐呵呵地说："家土换野土，一亩顶两亩。不信，你们瞅着！"

两年过去了，昔日的荒塘变成了亩产千斤的稻田！这亘古不曾有过的奇迹，使"智叟"大为震惊，伸出拇指说："真是'造田大仙'啊！"

关于削坡造田，他说："这比愚公挖山容易多了。"夏日治水，冬天削坡，"愚公"没有一天清闲。窑洞下方有块三亩左右的坡地，冬天他就耗在这块坡地上了。一镐刨出一个白印，一镐抖下一把热汗。凛冽的三九天，他把棉衣甩在窑洞里，穿着秋衣还汗流浃背。

时间对于"愚公"来说是金贵的！他根本就没有节假日。春节的礼炮声连绵不绝，村民们都陶醉在浓浓的节日氛围中。然而，大年初一的太阳刚刚升起，被岁月风霜雕成满脸皱纹的"愚公"就扛起工具进沟了。

见到如此宏伟的造田工程，观者都感到吃惊，不相信他这一锹一镐刨出了如此奇迹。"你是怎么干出来的？"他不假思索地说："我虽然只有小学文化，但学过'老三篇'，这点儿活比愚公挖山容易多了。把别人夏季挖黄芪挣钱的时间，把别人三九天猫冬的时间，把别人年节喝酒的时间，把别人风天避风雨天躲雨的时间利用起来，不就成了吗？"他确有愚公的精神，凭借韧劲和耐力，硬是在山坡上造出了三亩梯田，还全部换上了家土。究竟动了多少土，走了多少路，熬了多少苦累时光，他自己也说不清楚。

造田的工具是瘸马、破车和荒道。小溪虽小，其力无穷。一遇阴雨天，它便会在白眼沙的滩床边肆无忌惮地剜、拉、冲、撞，一会儿的工夫就把你整冬整夏的汗水搅和到溪水里去，流得无影无踪。

瞅着自己一锹一镐造出的田被溪水冲去，"愚公"的心抽搭抽搭地疼。"老伙计，还得让你受累了！"他抚摸着与自己相濡以沫的老马，喃喃地说。

1984年冬，他又把老马套到了破车上。这次不是拉溜风土，而是到4千米外的赵把胡同山上拉石头。荒山颓丘之中怎么走？他便带上儿子一边修路，一边拉石头。来回8千米，起大早、贪大黑才能拉回几块大石头。有时，荒路上一个侧歪掀翻了破车，石头便滚落在漆黑的夜幕里，他哭都哭不上溜来，只好憋屈地把车赶回家。第二天一大早，他领着老婆孩子再把石头抬到车上，嘎嘎悠悠地朝沟里走去。这样一直坚持了两个冬天，他拉回160多方石头。

如今，两架千疮百孔的木车横卧在院墙角下。"那是拉石头砸碎的，不止那两个，一共砸碎了四个。""愚公"悻悻地说，"我不忍心把它劈了当柴烧，就像这匹老马一样不愿处理掉。"

也的确难为了这匹老马。十多年了，它同"愚公"结下了深厚的友情，以至于后来好像通了人性：装完车，它会拉起就走；卸完车，它会自动返回；休息了，看到"愚公"散架子似的倦样，它会用长长的"老脸"抚一抚"愚公"肩膀，分忧解愁般地伫立在他身边。渐渐地，老马腿瘸了，也瘦了，眼睫毛上也挂上了一嘟噜一嘟噜的眵目糊。"愚公"的心颤了，伸出松树皮般的手掌，把老马的脑袋按到自己的怀里……

俗话说，人穷志短，马瘦毛长。如今，老马瘦了，但"愚公"仍胆大包天，不仅在河道上砸上了16道铅丝坝，在荒漠之中修出了小车能走、汽车能行的"愚公路"，而且花一万元雇来了两台链轨拖拉机，削平了一道梁，筑起了一道塘坝，开出一条排水渠，让这自古以来就无拘无束的小溪在秋叶渐黄的时候打了个"立正"！据说，这小塘坝，可以蓄水6000多立方米，可开发稻田，可把旱田改作水浇地，总之作用大着呢！

不变的是水韵、山情和精神。马瘸了，车碎了，人也瘦了许多。五十岁的"愚公"，脸上皱纹已经很多、很深了，糙糙的手裂出了一道道的口子。

"我真替他担心呀。""愚公"的妻子，45岁的高秀兰坐在田头水畔，像在自言自语，又像在倾诉，"进山那年，我的心整天都提着。早些天河岸坍塌砸死人的事儿，我总也忘不了。老于是我家的顶梁柱，他要出了事，我们娘仨的日子咋过呀！"她说，最担心的要数下雨天。只要西边上来黑云，只要听到雷声，她便拉起小儿子文立，疯也似的往沟里跑，帮丈夫疏通渠道，引水排水。

那是一个雷雨交加的下雨夜，高秀兰拉着儿子踉踉跄跄地沿着小溪跑了四五里，摸到窑洞前。"久森，久森……"雷声灌耳，唯独没听到答话。她拉起儿子又拼命地呼喊，拼命地寻找。不知过了多久，终于传来了丈夫哗哗的蹚水声，她这才放心地瘫在了泥水里……

第二天，雨过天晴，太阳又朗朗地照到了这条沟上。"愚公"夫妇看到田地并没有受到严重破坏，一宿的累没有白受，心里轻松了许多。但来到窑洞时，却让他俩惊呆了：儿子的脸全肿了，眼睛也睁不开了。这时，"愚公"才顿足后悔：光顾着这块地，忘了河边的蚊子能吃人！此后，一谈起那倒霉的窑洞和铺天盖地的蚊子，小文立就打怵。但他毕竟是庄稼人的孩子，在同泥水的摸爬滚打中渐渐地长大了。16岁那年，他也操起了锹来到沟里。

于文立很理解父母。他说，看到父母累得脱了相，就不忍心再读书了。"母亲为了垫田埂，从河边起草坯子扛到田地。一个夏天，足足扛了几大汽车，母亲的脸变成了蜡黄色，走道都拌蒜了！"小伙子说："父亲整天长在沟里，苦累他不怕。但我实在怕他出事。有一次，父亲开挖溢洪道，车刚走，土坎子就坍塌了，要是晚走一两秒钟，我的父亲就……"

是呀，他们已把全部身心都投到了造田的事业上，其间的苦辣酸甜别人无法体会。但他们也在苦难中创造着欢乐：在造田大业中，他们把夫妻关系、把父子、母子关系拉得更近，真的是心往一处想，劲往一处使，用时兴的话说就是形成了凝聚力和向心力，用老话说则是子承父业。"愚公"的执着、钻劲和对水、对沟、对田的无限深情，让他在曾经兔子不屙屎的荒沟里写下了人生最瑰丽的田园诗，绘出了一幅最诱人的山水画。

大地给他以丰收。13年，4700多个日日夜夜，他征服了这沟、这水。初始的洪荒早已隐去，取而代之的是整齐的田畴、纵横的渠道、婆娑的杨柳和灿若烟霞的杏花、葵花、苹果花，俨然一处幽静迷人的世外桃源。春燕衔泥的时候，这里敲打"点葫芦头"（一种传统农具）的声音把沙梁上的草都震得直颤悠；夏雾迷蒙的时候，满沟的绿沸沸扬扬，直让人把这绿当成了水,把水看成了绿;北雁南飞的时候,这里香气弥漫,引得大雁也发出"嘎嘎"的赞叹声。

政府给他以帮助。"愚公"十三年造田不止,感动了旗、乡、村的领导。村委会积极为其调整土地,使地块更集中;乡政府则从联合国开发计划署小流域治理资金中拨出一笔资金,重点扶持其造田治水;旗政府的领导多次到他家了解情况,视察工程,为其协调资金,帮他出主意想办法,帮他渡过一个个难关……

1997年夏秋之交,旗委书记、旗长率各乡镇的党政领导和旗直有关部门的负责人,驱车来到"愚公"的窑洞旁参观。参观者无不为"愚公"的精神所感染,对"愚公"表达了深深的敬意。从此,于久森这位"愚公"的事迹广为人知。

第四篇
绿色的发展　启航"十四五"

　　新时代,是高质量发展的时代。习近平总书记说:"生态环境没有替代品,用之不觉,失之难存。我讲过环境就是民生,青山就是美丽,蓝天也是幸福,绿水青山就是金山银山,保护环境就是保护生产力,改善环境就是发展生产力。""人因自然而生,人与自然是一种共生关系,对自然的伤害最终会伤及人类自身。只有尊重自然规律,才能有效防止在开发利用自然上走弯路,这个道理要铭记于心、落实于行。"

　　今后内蒙古的生态文明建设怎么做?习近平总书记作出的一系列的重要指示,是内蒙古生态文明建设的思想引领和行动指南,亦是敖汉旗以生态优先、绿色发展为导向的高质量发展的指针。习近平总书记2014年春节前夕赴内蒙古调研时指出:要积极探索推进生态文明制度建设,为建设美丽草原、建设美丽中国作出新贡献。2018年3月5日下午,习近平总书记在参加他所在的十三届全国人大一次会议内蒙古代表团审议时强调,要加强生态环境保护建设,统筹山水林田湖草治理,精心组织实施京津风沙源治理、"三北"防护林建设、天然林保护、退耕还林、退牧还草、水土保持等重点工程,实施好草畜平衡、禁牧休牧等制度,加快呼伦湖、乌梁素海、岱海等水生态综合治理,加强荒漠化治理和湿地保护,加强大气、水、土壤污染防治,在祖国北疆构筑起万里绿色长城。2019年3月5日下午,习近平总书记在参加他所在的十三届全国人大二次会议内蒙古代表团

绿色长城

审议时强调，内蒙古生态状况如何，不仅关系全区各族群众生存和发展，而且关系华北、东北、西北乃至全国生态安全。要保持加强生态文明建设的战略定力，要探索以生态优先、绿色发展为导向的高质量发展新路子，要加大生态系统保护力度，要打好污染防治攻坚战。2020年5月22日下午，习近平总书记在参加他所在的十三届全国人大三次会议内蒙古代表团审议时强调，要保持加强生态文明建设的战略定力，牢固树立生态优先、绿色发展的导向，持续打好蓝天、碧水、净土保卫战，把祖国北疆这道万里绿色长城构筑得更加牢固。2021年3月5日下午，习近平总书记在参加他所在的十三届全国人大四次会议内蒙古代表团审议时强调，统筹山水林田湖草沙系统治理，这里要加一个"沙"字。要统筹山水林田湖草沙系统治理，实施好生态保护修复工程，加大生态系统保护力度，提升生态系统稳定性和可持续性。2022年3月5日下午，习近平总书记在参加他所在的十三届全国人大五次会议内蒙古代表团审议时强调，坚定不移走以生态优先、绿色发展为导向的高质量发展新路子,切实履行维护国家生态安全、能源安全、粮食安全、产业安全的重大政治责任,不断铸牢中华民族共同体意识,深入推进全面从严治党,把祖国北部边疆风景线打造得更加亮丽,书写新时代内蒙古高质量发展新篇章。2023年6月8日,习近平总书记在内蒙古考察时强调,筑牢我国北方重要生态安全屏障,是内蒙古必须牢记的"国之大者"。要统筹山水林田湖草沙综合治理,精心组织实施京津风沙源治理、"三北"防护林体系建设等重点工程,加强生态保护红线管理,落实退耕还林、退牧还草、草畜平衡、禁牧休牧,强化天然林保护和水土保持,持之以恒推行草原森林河流湖泊湿地休养生息,加快呼伦湖、乌梁素海、岱海等水生态综合治理,加强荒漠化治理和湿地保护,加强大气、水、土壤污染防治,在祖国北疆构筑起万里绿色长城。要进一步巩固和发展"绿进沙退"的好势头,分类施策、集中力量开展重点地区规模化防沙治沙,不断创新完善治沙模式,提高治沙综合效益。

通衢大道

敖汉旗对今后的生态文明建设进行了擘画：要坚决打好生态建设下半场。抓住自治区退化林分改造试点机遇，以国道111线北部地区为重点，实施鲜果经济林、文冠果木本油料林、樟子松基地建设以及沙棘抚育改良，减少退化林分10万亩。聚焦乡村振兴，实施20个重点村绿化工程，打造生态宜居村落。用好国家级森林经营试点政策，建设高标准林草融合产业示范园1.5万亩。依托京津风沙源治理工程草原保护建设项目，完成好10万平方米棚圈、1.5立方米青储窖和1.1万平方米储草棚项目的建设。深入推进国土绿化工程，积极开展三十二连山义务植树活动。发挥碳汇林储备丰富优势，深化与北京圣世原林科技有限公司合作，发展碳汇交易，做强碳汇产业。加快国家储备林建设，聚焦元宝槭、文冠果等高效树种，建成一批集约化经营、高标准管理的储备林基地，实现生态效益、经济效益、社会效益三效统一。充分发挥敖汉干部学院作用，加强生态精品课程研发，弘扬敖汉旗生态文明建设传统。实施科尔沁沙地歼灭战工程固沙项目。敖汉旗是赤峰市科尔沁、浑善达克两大沙地歼灭战第四战区，全旗分为三个作战单元，一体化推进科尔沁沙地歼灭战。全旗规划2024～2030年完成总治理面积35.6万亩，完成造林种草4.55万亩，完成林草质量提升31.05万亩。依托光伏治沙、以路治沙、耕地后备资源治理等措施对沙化土地实施综合治理，完成工程固沙4万亩，新建、硬化穿沙公路14条71.8千米。

这些目标实现了。敖汉旗生态环境会更好，人民的生活会更好，敖汉旗明天会更好！

结束语
向"敖汉绿"致敬

宇宙浩渺

不知始终

人造卫星发现

地球村有一块枫叶形的绿

在中国的北疆

在内蒙古高原之上

名字就叫"敖汉绿"

敖汉绿

守卫着祖国北方的生态安全屏障

你是农田牧场的绿波荡漾

林海沙坨的郁郁苍苍

你是沟谷山梁的粟黍金黄

宏畴阔野的绚烂芬芳

呈现着敖汉大地的绿色实景

呈现着8300多平方千米的美丽画卷

你承继着"以人为本"的理念

昭示着"干就干好"的传统

你是60万敖汉人民的集体创造

是辉耀人文的奖章
你是最普惠的民生福祉
有着无形的崇高
敖汉绿
我向你致敬
虔诚地向你致敬

北　敖汉之北
冰封的老哈河水　悄然化开了
"响水"遥远的音色
在时空中轰然而来
波涌白莲承晓露
溪浮绿盖动香风
过去　无边的沙漠多么荒凉
今天　无边的绿色多么富庶
看吧　听吧
满眼绿洲的音符已把沙黄弹远
"翁格若"峡谷稻香鱼跃
丽日暖阳　天清气爽
在黄羊洼的极顶敖包山上
环顾四野
纵横交错的林网
拥抱着绿野谷香
粟黍和甜菜
与紫花苜蓿竞相生长
蓝蓝的鸽子花
舞动着袅娜
绽放着怡然的风姿

绿色发展　基业千秋

真是满目的开心
满怀的惬意
敖汉绿
我向你致敬
虔诚地向你致敬

西　敖汉之西
三十二连山上
杏花开了
那是春姑娘一抹幸福的红唇
陪伴着建设者的雕塑形象
春夏秋三季
联村会战

毛驴车拉着老少爷们上山
哪有空分清白天还是黑天
脸色黑白相间
喉咙冒烟　嗓子嘶哑
铁锹、镐头不会停歇
不达目标　决不收兵
梯田行行　树坑连连
一片一片的茂盛
在四季的轮回中
享受观赏者的赞叹
敖汉绿
我向你致敬
虔诚地向你致敬

中　敖汉之中
有一座山叫石羊石虎山
山上有一座墓碑叫"李儒碑"
这是一位植树种草的英雄碑
李儒
这是敖汉人民永远不能忘记的植树种草英雄
每当清明节来临
这里都有排队的红领巾
向他致敬

还有一座山叫连长山
它是一座绿化英雄的山
山上的丰碑为什么格外鲜翠
因为那是老百姓心中的丰碑

带着胃病绿化不止的连长
是为群众渴望的绿色而生的
落红不是无情物
化作春泥更护花
吕振声老连长　英名永垂
已化为敖汉绿　丰碑永翠
敖汉绿
我向你致敬
虔诚地向你致敬

东　敖汉之东
马场梁　马鞍山　大青山
沿着木栈道　盘山路
我以真情　以爱意
把周围的绿　装在心中
风沙翻页早已变成绿海音符的波动

听醉了
如此安谧
一片绿地这样说
唤醒了
如此悦耳
一片树叶告诉我
听睡了
如此潺潺
一块石头梦呓着
听笑了
如此天籁之音

祖国北疆的"敖汉绿"

这里的草木抢着说

敖汉绿

我向你致敬

虔诚地向你致敬

南　敖汉之南

六道岭

荣耀　你是一个英雄的名字

尊严　你是敖汉生态建设的典范

艰苦创业　矢志不移

结束语 向"敖汉绿"致敬

一张蓝图　干就干好
精卫之志　后羿之举
怎忘那小流域治理
铁锁守门　冷饭入口
目标拿不下
不回家　不停歇
不言苦　不言累
不下山　不收兵
翠然山谷　流金淌翠
敖汉绿

云霓之望

我向你致敬
虔诚地向你致敬

敖汉绿
你向我走来
听，那"驴吉普"的咣当声
听，那挥镐凿石的喘息声
听，风声雨声中
敖汉人民生态建设的脚步声
敖汉绿
你的历程是英雄的历程
让我不能忘怀
是那棵小老树吗
荒山秃岭上
冬寒春冽中
迎风斗沙
毫不瑟缩
是村口那棵老柳树吗
是屋后那棵新疆杨吗
是河岸的桃花
是心中常常想念的那筐榆树钱儿吗
是一坡坡的杏花
一坡坡的松声鹤鸣吗

敖汉绿
我在感动中把你抒写
我的眼里总是噙满泪水
因为你，因为你

我的眼里总是噙满泪水
为你昨日的艰辛努力
为你今天的伟岸辉煌

宇宙浩渺
不知始终
往复运行
敖汉绿就在其中
敖汉绿
我向你致敬
虔诚地向你致敬

参考文献

[1] 李双临.敖汉绿海[M].赤峰：内蒙古科学技术出版社，1999.
[2] 韩国春.天边的守望[M].呼和浩特：内蒙古人民出版社，2008.
[3] 张乃夫.敖汉旗志[M].呼和浩特：内蒙古人民出版社，1991.
[4] 刘忠友.绿染敖汉满山川[N].敖汉信息，2018.
[5] 敖汉旗委宣传部、敖汉旗文化局.大漠之春.1993.
[6] 内蒙古自治区直属机关驻敖汉旗工作团.情系敖汉.1991.

附录
敖汉旗生态文明建设荣誉录

1958年,敖汉旗被国务院授予"社会主义建设先进单位"称号。

1984年,敖汉旗被国家农业部授予"全国人工种草第一线"称号。

1985年,国务院"三北"防护林建设领导小组、林业部授予敖汉旗"'三北'防护林体系建设一期工程先进单位"称号。

1991年,全国绿化委员会、林业部、人事部授予敖汉旗"全国造林绿化先进单位"称号。

1991年,全国绿化委员会、林业部、人事部授予敖汉旗"全国治沙先进单位"称号。

1991年,国家林业部授予敖汉旗"全国平原绿化先进单位"称号。

1992年,国家林业部授予敖汉旗"'三北'防护林体系建设二期工程先进单位"称号。

1994年,国家林业部授予敖汉旗"全国科技兴林示范县"称号。

1994年,国家林业部授予敖汉旗"林业宣传先进县"称号。

1997年,国家林业部授予敖汉旗"全国人工造林第一县"称号。

1999年11月,水利部授予敖汉旗"全国生态建设示范区示范县"称号。

2000年,国家林业局授予敖汉旗"全国林业生态建设先进县"称号。

2000年,国家林业局授予敖汉旗"全国森林病虫害防治工作先进单位"称号。

2001年，国家林业局授予敖汉旗"'三北'防护林体系建设三期工程先进集体"称号。

2001年，水利部、财政部授予敖汉旗"全国农田水利建设先进县"称号。

2002年6月5日，联合国环境规划署授予敖汉旗"全球500佳"环境奖。

2003年2月19日，全国绿化委员会、国家林业局授予敖汉旗"再造秀美山川先进旗"称号。

2006年，水利部、财政部授予敖汉旗"全国农田水利建设先进县"称号。

2009年3月，国家林业局授予敖汉旗"国家级林业科技示范县"称号；同年，科技部授予敖汉旗"全国科技进步先进县"称号。

2012年，"敖汉旱作农业系统"被国际粮农组织评为"全球重要农业文化遗产"。

2013年3月，人力资源社会保障部、国家林业局授予敖汉旗林业局"全国林业系统先进集体"荣誉称号。

2013年4月，人力资源社会保障部、国家发改委、国家林业局、农业部、水利部授予敖汉旗林业工作站"京津风沙源治理工程先进集体"荣誉称号。

2018年11月，国家林业和草原局授予敖汉旗林业局"'三北'防护林体系建设工程先进集体"称号。

2023年3月，中国气象局授予敖汉旗"中国天然氧吧"称号。

2023年11月，全国绿化委员会、人力资源社会保障部、国家林业和草原局授予敖汉旗林业和草原局"全国防沙治沙先进集体"称号。

2023年12月，敖汉旗三义井林场被全国绿化评选表彰工作领导小组办公室评为"全国绿化模范单位"。